책은 시작이다

DOKUSHO KARA HAJIMARU

by Hiroshi Osada

책은 시작이다

오사다 히로시
박성민 옮김

시와서

차례

들어가며 __ 7

1장 __ 책은 또 하나의 친구 __ 13

2장 __ 독서를 위한 의자 __ 39

3장 __ 나만의 말을 찾는다 __ 65

4장 __ 어린이책의 힘 __ 93

5장 __ 공통의 소중한 기억 __ 119

6장 __ 지금, 우리에게 필요한 것 __ 147

7장 __ 독서하는 생물 __ 171

8장 __ 잃고 싶지 않은 말 __ 195

나오며 __ 221

들어가며

오늘날을 특징짓는 것 중의 하나로 '활자 이탈'을 말하는 일이 어느샌가 당연해진 것 같습니다. 하지만 수적으로 보면, 활자본은 예전보다 훨씬 더 많이 세상에 나와 있습니다. 오늘날을 특징짓는 것은 '활자 이탈'이 아닙니다. 오늘날, 독서라는 문제를 둘러싸고 흔들리고 있는 것은 오히려 책이라는 것에 대한 우리의 사고방식입니다.

책이라는 것은 '책이라는 사고방식'입니다. 책은 단지 '생각'을 담는 그릇이나 자기를 표현하는 도구에 그치는 것이 아닙니다. 무엇보다 중요한 것은, 책이 '책이라는 사고방식'을 나타낸다는 것. 책에서 가장 중요한 것은, 책이 '책이라는 사고방식'을 만들어 왔다는 것. 저는 그렇게 생각합니다.

책을 읽는다는 것은 책 속의 내용이나 생각을 검색하고 요약하는 것과는 다릅니다. 책을 읽는다는 것은, 책을 통해, 책이라는 하나의 세계를 만드는 법을 배우는 것입니다.

예를 들어 유적을 생각해 봅니다. 고대의 유적이 곳곳에서 발굴되고 있습니다. 그곳에서 출토된 유물에 남겨진 문자를 해독할 수 있으면, 그 사회가 어떻게 만들어졌는지, 그 시대를 살았던 사람들이 어떻게 세상을 만들었는지 알 수 있습니다. 단 하나, 그곳에 말이 있으면, 그것만으로도 그곳에 어떤 사회가, 어떤 경제가 이루어졌는지, 그 시대가 세상을 만들었던 방식, 그 사회의 사람들이 살았던 방식을 알 수 있습니다.

요리도 마찬가지입니다. 레시피라는 책을 통해, 요리 만드는 법을 배웁니다. 요리법을 배운다는 것은 요리를 만드는 시간을 얻는 것입니다. 그리고 그렇게 만든 요리를 함께 먹는 즐거움을 얻는 것입니다. 그렇게 지금이라는 시간을 환히 밝혀 주고, 식탁을 사람들이 모이는 장소로 만드는 지혜가, 요리의 재료와 조리법을 다음 세대로 전해 주는 레시피가 되는 것입니다.

사람들 사이에서 '책이라는 사고방식'을 키우고, 말을 남기는 것이 '책의 문화'입니다. 그 '책의 문화'를 지켜 온 것은 지금 여기에 있는 말을, 지금 여기에 없는 사람에게 건네줄 수 있게 한다는 것입니다.

'읽을 책', '읽어야 할 책'이 책의 전부가 아닙니다. 책이 가진 중요함 중의 하나는 '읽지 않는 책'의 중요함입니다. 도서관이라는 것은 한 사람 한 사람이 모든 책을 읽는 것이 불가능하다는 조건 하에서 지어진 것입니다. '책의 문화'를 깊이 있게 하는 것은 그런 '읽지 않는 책'을 우리가 얼마나 많이 가지고 있는가, 하는 것입니다.

오늘날 우리가 간과하기 쉬운 것은 '책의 문화'가 가진 그런 모습입니다. '읽지 않는 책', '읽지 않은 책'의 소중함을 생각하며 책을 대합니다. 그것이 지금 눈앞이 아닌 먼 미래를 향하는 것이라고 생각하며 '책이라는 사고방식'을 단단히 다져 온 것입니다.

일본어로 책(本, 혼)은 '시작', '시원', '기원', '근원', '근본' 등의 의미를 가지고 있습니다. '책이라는 사고방식'이란 다시 말해, '책이 本(근본)'이라는 것입니다. 그리고 '책이 本'이라는 것은 '말이 本'이라는 것입니다. 이러한 친숙한 감각을 통해, 책은 없어서는 안 되는 것이라고 마음속에 새졌으면 좋겠습니다.

책이라는 매체는 인간이 가장 오랫동안 사귀어 온 매체입니다. 활자가 생기기 전부터 책은 있었습니다. 입에서 귀로 전해지는 형태의, 말하자면 눈에는 보이지 않는 '책'이 있었습니다. 인간만이 할 수 있는 생각, 인간밖에 할 수 없는 생각이 '책이라는 사고방식'이고, '책이라는 사고방식'을 통해 역사 속에서 성장해 온 것이 인간이라고 저는 생각합니다.

이 책을 아직 읽은 적이 없다. 그럼에도 불구하고 이 책을 읽으면서, '나'라는 인간을 그곳에서 발견한 듯한 느낌이 든다. 바람직한 책의 모습이란 그런 것입니다. 그런 식으로 어떤 시대에도, 사람들에게 가장 중요한 것은 반드시 책이라는 형태로 표현되고 전해져 왔습니다. 그것은, 종교도 법률도 문학도 그것이 기본(基本)이기 때문에, 즉 기본(基)이 책(本)이기 때문입니다. 인간의 가장 중요한 모습이 쓰여 있었던 것은 어느 시대나 책이었기 때문에, 삼장법사도 책(경전)을 구하러 서역으로 떠났던 것입니다.

좋은 책이란, 그 안에 '좋은 시간'이 담긴 책입니다. 독서라는 행위가 우리에게 남겨 주는 것은 책이 갖고 있는 그 '좋은 시간'의 감각입니다. 책이 있는 생활, 책이 있는 풍경에서 정취를 느끼는 감각이 우리에게서 사라지면, 사회의 체온이 식어 버립니다.

오늘날 흔들리고 있는 것은 책이 아닙니다. 흔들리고 있는 것은 책에 대한 우리의 사고방식입니다. '책이라는 사고방식'이 흔들리면, 사람과 사람을 잇는, 시대와 시대를 잇는 말의 힘이 흔들리게 되는 것입니다.

1장

책은 또 하나의 친구

친구란 무엇인가

책을 '친구'라고 생각할 때, 먼저 생각해야 할 것은 '친구란 무엇인가'라는 것입니다. 여기서 말하는 친구란, 친구 본연의 모습을 말하는 것으로, '어떤 본연의 모습을 친구라고 하는지', 그리고 '그런 친구 본연의 모습이 책 본연의 모습에서 어떤 의미를 갖는지'를 생각해야 합니다.

친구란 그때그때만으로 끝나는 관계가 아닙니다. '늘 이어져 있는' 관계입니다. 서로 친하고 잘 안다는 것 이상의 것입니다. 친구라는 것의 뿌리는 '늘 이어져 있다'라는 것으로 이루어져 있습니다. '늘 이어져 있는' 것이 친구이고, 친구가 될 자격이 있습니다. '늘 이어져 있는' 것은 언제나 연결되어 있을 뿐 아니라, 설령 언제나 연결되어 있지 않다고 해도 이어져 있다는 '감각'이 쭉 계속되는 것입니다.

친구라고 하면 사람만 가리키는 것처럼 들릴지도 모르지만, 사람만 친구가 되는 것은 아닙니다. 예를 들면 산도 친구가 될 수 있습니다.

저기에 산이 있습니다. 그 산을 보면서 사람은 여러 가지를 봅니다. 초록을 봅니다. 맑거나 흐린 하늘을 봅니다.

지나가는 계절과 다가오는 계절을 봅니다. 산을 보고 있는데 자신의 생각을 보고 있는 것 같은 느낌이 들 때도 있습니다. 상황, 나이, 환경, 그날그날의 기분까지 포함해서, 저마다 다양하게 그곳에 있는 산을 봅니다.

그렇게 산을 볼 수 있으려면, 중요한 것은 딱 하나입니다. 그곳에 그 산이 '늘 있다' 라는 것입니다. '늘 있는' 것이 산이라는 것입니다.

고향에 있는
산을 마주보고 있으니
더 할 말이 없구나
고향에 있는 산은
고마운 것이구나

이시카와 다쿠보쿠의 〈산〉이라는 시입니다. 다쿠보쿠가 노래한 '산'은 고향이고, 고향은 다시 말해 친구입니다. "돌팔매질 당하듯 고향을 떠났다"라고 말한 다쿠보쿠에게는 그 자리에 '늘 있는' 산이 평생의 친구였던 것입니다.

그곳에 산이 있다. 그곳과 늘 이어져 있다. 그렇게 나와 늘 이어져 있는 것들이야말로 인간이라는 친구와 마찬가지로 나에게 친구가 되는 것입니다. 내가 친구라고 부를 수 있는 어떤 확신을 심어 주는 것은, 나와 '늘 이어져 그곳에 있는 것'을 말합니다.

우리는 하루하루를 살면서 기쁘다고 느낄 때도 있고 힘들다고 느낄 때도 있습니다. 그것은 내가 친구라고 부를 수 있는 것, 나와 늘 이어져 있는 것이 내 안에 있는지 없는지와 관계가 있습니다.

책의 위치, 책의 장소

'늘 있다'라는 건 어떤 의미일까요? 늘 이어진다는 것은 그저 매일매일 이어진다는 것과는 다릅니다. 나와 매일매일 이어져 있는 것을 또 다른 한쪽에서 나에게 보여 주는 것, 그것이 나와 늘 이어져 있는 것입니다. 늘 이어져 있는 것을 자신의 안에 가지고 있는지 없는지, 그것에 따라 사람의 삶의 방식도 달라집니다.

눈앞에 하루하루의 생활이 있습니다. 그 하루하루의 생활 저편에 있는 또 다른 한쪽과 늘 이어져 있는 것, 자신의 마음속에 늘 이어져 있는 것, 친구라는 것은 그렇게 존재하는 것입니다.

친구는 우리를 뒤돌아보게 합니다. 우리는 뒤돌아볼 때 많은 것을 생각하고 느낍니다. 친구라는 것이 가진 힘이 우리를 뒤돌아보게 합니다. 인생이 눈 깜짝할 사이에 지나가 버리지 않기 위해서, 우리는 그것을 필요로 합니다. 어쩌면 '그렇게 지나가 버리지 않게 하도록'이라고 말하는 편이 좋을지도 모르겠습니다. 자신의 안에서, 오래오래 이어지는 또 다른 하나인 무언가를 찾는다. 인간이란 그렇게 단 하나가 아닌, 또 다른 하나를 늘 필요로 하는 존재라고 저는 생각합니다.

책은 아득한 옛날부터 인간이 필요로 해 왔던 매체입니다. 시대가 발전하면서 필요해진 것도 아니고, 활자가 발명되었기 때문에 필요해진 것도 아닙니다.

오늘날 책의 형태와는 다를지 모르지만, 책이라는 것을 '자신의 생활을 지켜보는 또 하나의 시간, 또 하나의 장소, 또 하나의 늘 이어져 있는 것'으로, 또는 '친구라는 성격을 가진 말의 형태'로 넓게 생각해 봅니다. 그렇게 생각하면 돌에 새겨진 문자도, 대나무에 쓰여 있는 말도, 고분에서 나온 나뭇조각도, 조개껍질에 그려진 기호나 그림도, 그 하나하나가 그때 그곳에 살았던 사람들의 생활이

나 활동, 그 본연의 모습을, 또 하나의 장소, 또 하나의 지점, 또 하나의 시점에서 보여 주고 있습니다. 그리고 그곳에, 본래 인간이 필요로 해 왔던 책의 위치, 책의 장소가 있다고 생각합니다.

그렇게 인간이 늘 필요로 해 왔던 책이라는 문화는 '필요'를 씨앗으로 키워지고 만들어진 것이라고 생각합니다. 그게 아니라면, 그저 조급하게 새로운 세기(世紀)의 형태만 추구하다가, 이제는 더 이상 책의 시대가 아니라고 말할지도 모릅니다. 그러나 인간은 자신과 늘 이어져 있는 친구라는 존재를 필요로 하기 때문에, 아주 오랜 시간에 걸쳐 책이라고 하는 필요한 말의 형태를 만들어 온 것입니다. 그리고 그렇게 인간이 늘 책이라는 것을 필요로 해 왔다는 것은, 단지 정보나 그때그때만의 필요 때문에 책이 만들어진 게 아니라는 것을 말해 줍니다.

근대에서 잃어버린 것

"누구나 마음만 먹으면 친구를 찾을 수 있습니다. 현실의 삶에서 친구가 없는 사람에게도 유일하게 친구가 되어 줄 수 있는 게 있다면 그것은 책입니다."

작가 고다 로한은 이렇게 말했습니다.

현실 생활 속의 친구라면 살아있다는 것이 당연한 전제가 되겠지만, 책이라면, 이미 세상에 없는 사람들 중에서도 얼마든지 친구를 찾을 수 있습니다. 수천 년 전의 과거에서도 친구를 찾을 수 있습니다. 책을 읽는다는 것은 그런 친구와 함께 노는 것입니다.

그런데 새로운 시대가 되고 누구나 책의 세계와 가까워질 수 있게 되었는데도, 근대가 되면 될수록 친구를 발견하는 힘은 오히려 점점 더 약해지고 있습니다. 그리고 친구를 찾고 우정을 발견하는 대신, 우리가 얻은 것은 고독입니다. 고립입니다.

사람들은 점점 더 고독해지고 고립화되고 있습니다. 생활은 편리해졌습니다. 삶은 풍요로워지고, 다양하게 발전했습니다. 많은 것이 발견되고, 모든 면에서 불편함이 줄어들었습니다. 시간은 빨라지고, 부자유 때문에 괴로운 일이 없어졌습니다. 하지만 그 대신 우리는 어처구니없는 것을 얻게 되었습니다. 그것은 고립감입니다. 외로움입니다. 그리고 책을 읽지 않는 시대에 잃게 된 것은 친구를 발견하는 능력입니다.

20세기에 일어난 큰 사건 중의 하나를 지도책에서 발견할 수 있습니다. 영국에서 나오는《타임스 지도책(Times Atlas of the World)》이라고 하는 아주 크고 두꺼운 지도책이 있습니다. 20세기 전반까지만 해도 이 책은 25년에 한 번만 개정해도 충분했습니다. 그런데 1980년대 중반부터는 그런 식으로는 세상의 변화를 도저히 따라갈 수 없게 되었습니다. 그러다가 20세기의 마지막 10년 사이에 이 지도책에 결정적인 변화가 일어나게 되었습니다.

무슨 일이 일어났을까요? 그전까지는 지도책에 국경이 없는 곳이 'unknown'이라는 말로 늘 몇 군데쯤 남아 있었습니다. 그런데 그것이 20세기의 마지막 10년 사이에 사라진 것입니다. 마지막까지 'unknown'으로 남아 있던 곳은 아라비아반도의 어느 사막이었는데, 그곳에도 결국 1980년대 말쯤 국경선이 그어져, 지금은 지도책을 펼치면 어디에나 국경선이 있습니다. 이렇게 지도책에서 국경이 없는 곳이 사라진 것은 지금 이 시대가 처음입니다.

지도에 국경선이 그어져 있든 없든, 사막은 늘 그 자리에 있었고 지금도 있습니다. 늘 있다고 하는 사실에 맞서, 인간이 나중에 그곳에 선을 그은 것입니다. 그런데 20세기 말이 되자, 늘 있어 왔던 것보다 나중에 그어진 국경선이나 구분선이 더 중요해지면서 역사 속에 늘 이어져 온 또 하나의 영역이 무너지게 되었습니다. 그리고 그렇게 'unknown'이 사라진 괴로운 종착점이 새로운 세기의 우리가 서 있는 위치인 것입니다.

쓰여 있지 않은 것을 상상하는 힘

2천 년, 3천 년 동안 책을 친구로 여기며 살아온 인간은 21세기의 우리가 책에서 원하는 것보다 더 많은 것을 책 속에서 보아 왔습니다. 왜냐하면 인간은 책을 통해, 책에 쓰여 있지 않은 것을 상상하는 힘, 또는 책에 나타나 있지 않은 것을 생각하는 힘을 오랫동안 책에서 얻었기 때문입니다.

책이라는 문화가 오랜 시간에 걸쳐 키워 온 것은 책에 쓰여 있는 것을 통해 책에 쓰여 있지 않은 것을 상상하게 하는 힘입니다. 오늘날 우리 사회가 직면한 문제는 쓰여 있지 않은 것을 필요로 하는 생각을 잃어버렸기 때문에 일어나는 것이고, 그 때문에 우리는 어찌 해야 할지 몰라 갈팡질팡하고 있는 것입니다.

책은 아주 재미있는 성질을 가지고 있습니다. 책은 말로 쓰여 있습니다. 말은 일상에서 특별한 것이 아닙니다. 여기에도 있고 저기에도 있는 지극히 평범한 것입니다. 누구도 소유할 수 없고 평등한 것이 말입니다. 예를 들면, 말은 악기와는 다릅니다. 피아노의 음은 일상 속의 소리와는 다릅니다. 예를 들어 부엌의 물소리, 가스 불 소리, 부엌칼 소리 같은 일상 속의 소리는 무언가를 하면서 자연스럽게 생기는 소리이지만, 피아노의 음은 피아노라는 악기만이 만들어 낼 수 있는 소리입니다. 피아노가 없으면 생기지 않는 소리입니다. 말하자면, 음악이라는 표현을 유지해 온 것은 일상에 없는 소리인 것입니다.

그러나 누가, 어디서, 무엇을 하든, 말은 언제나 그곳에 있습니다. "안녕하세요." "당연해." "싫어." "비가 오네." "멀리 가 보자." 이렇게 말은 당연한 것으로 그곳에 있습니다. 그리고 그렇게 어디에나 있는 말을 사용하여 만들어진 것이 책입니다. 문화라고 불리는 것을 돌이켜 생각해 보면, 대개는 일상에 없는 것으로 무언가를 만들어 낸다는 것이 인간의 문화를 만들어 왔다는 것을 알 수 있습니다.

그러나 책의 역사는 다릅니다. 말은 언제나 일상 속에 있습니다. 일상 속에 있을 수 없으면, 말은 사라져 버립니다. 말이 사라지면, 그 문화는 끊겨 버립니다. 로제타 스톤이나 사해 문서, 둔황의 유적 같은 사라진 언어가 해독되면서 먼 후세의 우리 눈앞에 되살아난 것은 이제는 사라진 언어와 함께 살았던 사람들의 기쁨과 슬픔을 비롯한 그 생활 문화 전체, 즉 사라져 버린 일상이었습니다.

단 하나, 남겨진 문자가 있으면, 그 문자로 쓰여 있지 않은 생활, 그 사람들이 살았던 문화와 문명까지도 상상할 수 있는 것이 문자입니다.

쓰여 있지 않은 것을 상상하는 힘, 나타나 있지 않은 것을 생각하는 힘을 전할 수 있는 책의 힘에 대해서는 깊이 생각하지 않고, 책을 그저 표현의 도구나 미디어 매체로만 여긴다면, 오랜 역사를 거쳐 책이 우리에게 가져다준 것이 무엇인지 볼 수 없게 됩니다. 그리고 그런 보이지 않는 것을 상상하는 힘을 우습게 여기는 오만한 인간이 되어 버립니다.

책과 인생은 평행하다

오늘날 인간이 가진 가장 큰 위험은 인간이 위대하다고

착각하는 것인지도 모릅니다. 전승을 통해, 문자를 통해, 책을 통해 우리에게 전해 내려온 저편에 있는 또 하나의 문화라는 것의 소중함, 사람이 죽은 후에도 남게 되는 또 하나의 것, '늘 있는' 것에 대한 상상력, 이런 것들이 지금은 왠지 꽤 사라져 버린 것 같은 생각이 듭니다.

책을 친구로 생각한다는 것은 시간이 많아서 책을 많이 읽을 수 있으면 좋겠다고 생각하는 것이 아닙니다. 인간 본연의 모습, 인생을 만드는 법, 하루하루를 보내는 법, 책은 이런 것들과 깊고 밀접한 관계를 맺어 왔습니다. 그런 책과 자신의 관계를 자신의 일상 속에서 새롭게 자각하며 이끌어 가야 한다고 생각합니다.

달력을 생각해 보면 알 수 있습니다. 달력도 책입니다. 원래 달력이라는 책에는 날짜만 쓰여 있는 것이 아닙니다. 날짜도 쓰여 있지만, 날짜와 관련된 여러 가지 것들도 쓰여 있습니다. 별자리가 쓰여 있기도 하고, 속담이 쓰여 있는 것도 있습니다. 바꿔 말하면, 날짜 저편에 또 하나가 있고, 그런 또 하나의 무언가를 전해 주는 것을, 인간은 때로는 의식적으로 때로는 무의식적으로 늘 필요로 해 왔습니다.

날짜 저편에서 내가 찾고 있는 것이 무엇일까요? 그것

들은 저마다 일상 속의 자명한 일부가 되어 버린 탓에, 너무도 친숙하고 당연해져 때때로 알아차리지 못할 때도 있습니다. 우리는 새로운 것에는 쉽게 눈이 가지만, 새롭지 않은 것은 잘 알아차리지 못할 때가 종종 있습니다. 그런데 그렇게 쉽게 알아차리지 못하는 것들 중에, 오랜 시간에 걸쳐 만들어진 소중한 것이 숨어 있습니다.

책을 펼치면 처음에 머리말이 있고 끝에는 맺음말이 있습니다. 그것이 책에서는 당연한 것이고, 책이 가진 특징입니다.

TV는 어디가 시작이고 어디가 끝일까요? 방송이 시작될 때가 시작일까요? 아니면 각자 TV를 켰을 때가 시작이고, TV를 껐을 때가 끝일까요? 아니면 방송이 끝날 때가 끝일까요? 그럼 24시간 방송은 어떨까요? 시작도 끝도 없는 걸까요? 내가 보든 안 보든 TV 속의 시간은 앞으로 나아갑니다. 하지만 책은 다릅니다. 내가 읽지 않으면 책은 앞으로 나아가지 않습니다. 책은 펼쳤을 때가 시작이고 덮었을 때가 끝입니다. 시작이 있고 끝이 있는 것이 책입니다.

시작이 있고 끝이 있다는 것은 인간의 삶의 방식 그 자체입니다. 태어났을 때가 시작이고 죽었을 때가 끝입니다.

그렇기 때문에 책은 종종 인생의 모습을 가리키기도 합니다. '인생의 첫 페이지'라는 표현도 있고, '한 권의 끝'이라는 말에서 '한 권'은 인생을 의미하기도 합니다.

사람은 기억의 입구를 필요로 한다

책이 인생의 참모습을 관통하는 이유는 책은 사람의 기억을 만드는 것이기 때문입니다. 예전에 《기억을 만드는 법》이라는 시집을 낸 적이 있습니다. 제가 그 책을 쓰게 된 계기는 어린 시절을 보낸 마을을 45년 만에 다시 찾아갔을 때 보았던 작은 강의 물결이었습니다. 마침 그 근처에서 강연할 기회가 있어, 강연이 끝나고 지금은 복숭아밭이 있는 마을로 알려진 그곳을 찾아가게 된 것입니다. 45년 만이라 모든 것이 다 변해 버려, 한 학기를 다닌 소학교 건물은 완전히 달라져 있었고, 도로 정비로 길도 바뀌어서 살던 곳이 어딘지도 알 수 없었습니다. 그런데 조금도 변하지 않은 것이 딱 하나 있었습니다.

그것은 강이었습니다. 소학교 바로 앞에 작은 강이 있고, 좁은 오솔길을 따라 구불구불 흘러가고 있습니다. 강

여울 언저리는 햇빛을 받아 조용히 반짝이고 있었습니다. 굽이져 흐르는 강, 투명한 물결, 반짝반짝 빛나는 수면, 날아다니는 벌레, 그리고 왠지 따스하고 느릿하게 흐르는 시간, 그런 것들은 조금도 변하지 않았습니다. 주변의 풍경은 전부 변해 있었습니다. 집도 마을도 변하고, 노면 전차는 철거되어 사라지고, 모든 것이 다 변해 버렸지만, 그 강물의 반짝임만은 내 기억 속에 남아 있는 그대로였던 것입니다. 그 강물의 반짝임을 보고 있으니, 오래전 어릴 적의 내가 하루하루의 시간을 보낸 기억이, 그때 이곳을 지나서 이렇게 걸었지 하는 기억이, 선명하게 떠올랐던 것입니다.

시대는 마을을 바꾸고 세월은 사람을 기다리지 않지만, 아무리 변한다고 해도 그곳에는 나만의 기억의 입구가 되는 것, '늘 있는 것'이 분명히 있습니다. 그 '늘 있는 것'이 어딘가에 생각지도 못하게 남아 있습니다. 그것은 그곳과 늘 이어져 있는 것, 내 마음속에 있는 또 하나의 시간으로 들어가는 입구이고, 또 하나의 기억으로 들어가는 입구이며, 또 하나의 인생의 모습을 저편에서 보여 주는 기억으로 들어가는 입구입니다. 그곳에 늘 있는 그것을 알아차리지 못하면, 아무것도 모른 채 그곳을 지나쳐 버리겠지요. 하지만 만약 알아차릴 수 있다면, 나에게 무엇보다도 친숙한 기억의 입구가 반드시 그곳에 있습니다.

어디에 기억의 입구가 있을까요? 《우산을 타고 날아 온 메리 포핀스》라는 아주 매혹적인 이야기에서 작가는 이렇게 쓰고 있습니다. "당신이 사는 마을의 거리에서 하얀색 분필로 그려진 하얀 문을 찾으면 돼요. 그리고 그 하얀색 문을 열고 저편의 세계로 들어가기만 하면 된답니다." 책이란 그 작가가 말하는 '거리에 하얀색 분필로 그려진 하얀 문'입니다.

또 하나의 세계로 들어가는 문이 어디에 있는지 알려주는 책이 친구가 될 수 있는 책입니다. 단지 베개를 거꾸로 베고 잠들었을 뿐인데, 아침에 일어나 보니 다른 장소에 와 있는 것. 그럴 수도 있는 것이 책이 주는 놀라움입니다. 늘 오른발부터 침대에 들어가는데, 오늘은 왠지 왼발부터 들어가 볼까 해서 왼발부터 들어갔더니 터무니없는 시간으로 타임슬립할 수도 있는 것. 그것이 책이 주는 즐거움입니다.

여기에 또 하나의 시간이 있습니다. 이곳을 빠져나가면 저편에 또 하나의 시간이 있습니다. 이제는 잊어버렸고, 심지어 잊어버렸다는 것조차 깨닫지 못하지만, 그곳에 늘 있다고, 그곳에 소중한 것이 있다고 말을 걸어 옵니다. 어쩌면 어린이책이 하는 일이 그런 것인지도 모르겠습니다.

왜냐하면 또 하나의 시간으로 들어가는 입구를 알려주는 것이 원래 책이 하는 가장 중요한 일이기 때문입니다. 이쪽의 생각만으로는 헤아릴 수 없는 것이 저쪽에 있다고 떠올리게 해 주는 것이 책의 숨겨진 힘입니다.

등을 볼 수 없는 인간

인간은 자신의 등을 볼 수 없습니다. 타인의 등은 볼 수 있지만 자신의 등은 볼 수 없습니다. 스스로는 볼 수 없는 것을 등에 지고 살아가는 것이 인간입니다. 그런데 책에는 등이 있습니다. 책을 세우면 내 쪽을 향하고 있는 부분이 책의 등입니다. 서점이나 도서관의 책장에서 보이는 것은 대부분 책의 등입니다. 책은 얼굴을 보는 것이 아니라 등을 보는 것입니다. 그렇다면 책등은 왜, 언제부터, 등이라고 불리게 되었을까요? 어쩌면 그것을 얼굴이 아니라 등이라고 부른 것도, 인간이 스스로는 볼 수 없는 것을 보기 위한 방법으로서 책을 필요로 했고, 그로 인한 하나의 비유로서 그런 표현이 생긴 건 아니었을까 하는 생각을 해 보기도 합니다.

재미있는 건 지금도 책은 종종 인간의 신체에 비유될 때가 있고, 책에 두른 종이를 '띠'라고 부르기도 합니다. 비유는 문화입니다. 비유의 출처를 따라가 보면 그 사회의 문화의 온도를 알 수 있습니다. 거꾸로 말하면, 어떤 비유가 사라져 갈 때는 우리가 어떤 문화를 잃어 가고 있는 때이기도 합니다.

비유는 우리 생활 속에 있는 가장 흔한 것들을 생생한 말로 바꾸어 가는 것입니다. 비유를 키워 온 것처럼, 말을 끊임없이 새롭게 하는 것이 책의 문화를 키워 온 힘입니다. 책이 만들어 온 문화는 활자에 의해서 만들어진 것이 아닙니다. 책의 문화를 키워 온 것은 말이고, 말이란 처음부터 사람들의 일상 속에 깊고 넓게 뿌리를 내리며 자라는 것입니다.

책의 문화는 일상에 없는 것을 만들어 온 문화가 아닙니다. 책이라는 문화가 이토록 긴 생명력을 가지고, 책이라는 매체가 이토록 오랫동안 우리에게 필요한 것으로 이어져 온 것은, 그런 어디에나 있는 것을 스스로 읽고 스스로 쓰면서 그것을 특별한 것으로 만드는 방법이 되는 매체였기 때문입니다.

책이란 단지 책 그 자체가 전부가 아닙니다. 책이라는 문화를 키워 온 인간이 책 속에 있다. 책이 있는 곳에는 늘 인간이 있다. 이 말은 책이 친구라는 감각, 느낌이 책의 문화를 만들어 왔다는 것입니다. 책이란 책 속에 쓰여 있는 것을 이해하는 것만이 전부가 아닙니다. 그런데도 지금 사람들은 등은 없애고 앞만 보며 살아가고 있는 것 같아 씁쓸함이 느껴집니다.

다시 읽는다는 것은 우정의 증거

하지만 책의 문화에서 가장 중요한 것은 사실 앞에서 말한 것들이 아닙니다. 책의 문화가 이토록 오랫동안 이어져 온 데에는 충분한 이유가 있습니다.

우리가 책에 대해서 이야기할 때는 거짓을 말하는 경우가 종종 있습니다. 누구나 책에 대해 이야기할 때 꽤 거짓말을 합니다. 잊을 수 없는 책이 있다고 말합니다. 한 번 읽었는데 잊을 수가 없다, 평생 마음에 남는다, 내 인생의 책이다, 이런 찬사의 말을 하고는 하지만, 사실 그처럼 엉

터리 같은 말은 없습니다. 인간은 잊어버립니다. 누구나 자신이 읽었던 책을 까맣게 잊어버립니다. 내용은 다 잊어버립니다. 기억나는 것이라고는 그저 조금 전에 말한 강물의 반짝임 정도일 뿐입니다. 읽고 나서 한참이 지나면, 내가 이걸 읽었나? 하는 생각이 드는 책이 훨씬 많습니다.

책의 문화를 이루어 온 것은 바로 이 잊어버리는 힘입니다. 잊을 수 없는 책 같은 건 없습니다. 읽으면 잊어버리는 것이 책이 가진 가장 뛰어난 힘입니다. 인간의 기억력이 떨어져서가 아닙니다. 읽어도 잊어버리지만, 잊어버리기 때문에 또 한 번 더 읽을 수 있고, 그렇게 다시 읽을 수 있다는 것이 책이 가진 힘입니다.

그렇기 때문에, 책이란 '다시 읽을 수 있다. 읽어도 잊어버리지만, 잊어버리면 한 번 더 읽으면 된다'라는 문화입니다. 또 잊어버리면 또 한 번 더 읽으면 됩니다. 책이라는 것은 다 읽었다고 해서 끝이 아닙니다. 도서관이라는 커다란 건물이 있고 그 안에 책이 보관되어 있는 것은 한 번 읽고 버리는 것이 아니라, 읽어도 읽어도 잊어버리는 인간을 위해 책을 보관할 수밖에 없기 때문에 도서관이 필요한 것입니다.

자신의 책장에 꽂아 두는 책도 마찬가지입니다. 한 번

쓴 휴지를 보관하는 사람은 없습니다. 하지만 책은 한 번 읽어도 보관합니다. 왜일까요? 잊어버리기 때문입니다. 책이 눈앞에서 없어지면, 그 책을 읽었다는 것조차 잊어버립니다. 그 잊어버리는 힘 때문에 책을 보관합니다. 보관해두기 때문에 또 한 번 더 읽게 됩니다. 다시 읽는다는 것은 책의 문화에서 빼놓을 수 없는 중요한 것입니다.

책의 문화를 내 안에 생생하게 유지하기 위해 늘 필요한 것은, 그렇게 다시 읽는 기회를 스스로 나 자신에게 주는 것입니다. 그 책 한 번 더 읽어 볼까? 그런 생각이 들 때, 또 한 번 읽습니다. 읽지 않고 꽂아 두는 책도 있지만, 읽고 나서 잊어버린 책을 다시 읽는 기회를 자신에게 줌으로써, 독서라는 경험을 내 안에서 끊임없이 새로운 경험으로 만들어 갈 수 있습니다.

인생의 습관을 만드는 독서

새해가 될 때마다 이거 읽어야지 하고 마음을 먹는 책이 있습니다. 그것만으로도 마음을 둘 곳이 생기는 것이 책입니다. 예를 들면, 교회라고 하는 곳은 성경이라는 책이 있는 장소입니다. 교회에 가서 성경을 펼치고 읽습니다. 매번 읽습니다. 몇 번이고 또 읽습니다. 매주 일요일 교회에 가서, 몇 번이고 읽은 성경책을 또 펼쳐서 읽습니다. 이렇게 '다시 읽기'라는 습관이 소중한 행위로서 신앙 속에서 유지되고 있습니다.

다시 읽기는 망각과 싸우는 법이기도 하고, 나에게 필요한 말을 되찾는 방법이기도 합니다. 책의 문화를 내 것으로 만들 수 있을지 없을지는, 다시 읽기의 기회를 내 안에서, 생활 안에서, 일상 안에서, 나 자신의 습관으로, 인생의 습관으로 책의 문화를 만들어 갈 수 있는지 없는지에 달려 있다고 생각합니다.

태어난 곳을 떠나 다른 곳에서 살아온 시간이 훨씬 더 길다고 해도, 태어난 곳에는 언제나 고향이라는 애착이 가는 것처럼, 친숙한 책을 다시 읽을 때는 고향으로 돌아간 것 같은 기분이 듭니다. 설령 아무것도 기억나지 않는다고 해도, 이것이 내가 호흡했던 공기이고 말이었다는 것을 되살려 주는 책이 있습니다. 그런 책의 기억을 내 안에 얼마만큼 가지고 있는가, 그것에 따라 나 자신의 시간의 풍요로움은 완전히 달라집니다.

책의 문화는 기술의 문화처럼 새로움이나 최첨단이 전

부가 아닙니다. 지금의 어느 한 시간을 마주할 수 있는 또 하나의 말을 가질 수 없으면, 지금이라는 시간을 그 또 하나의 말 쪽에서 새롭게 되풀이하여 읽는다는 것은 쉽지 않습니다. 그렇기 때문에 필요한 것은, '또 하나의 말을 가진, 나에게 친구가 될 수 있는 책' 그런 책 본연의 모습입니다. 어떤 책이 좋다, 라는 말이 아니라, 책이 나의 친구로 그곳에 있는 것, 그런 모습을 자신의 시간 속에 끊임없이 만들어 가는 방법을 키우는 것이 지금 우리에게 정말로 중요한 게 아닐까요?

모든 것이 점점 새로워질 때는 자칫 새로운 것에만 마음이 끌려, 또 하나의 시간을 내 안에 쌓아 가는 것의 소중함을 소홀히 하기 쉽습니다. 지금이 바로 그런 때인 것 같습니다. 그럴 때, 까맣게 잊어버린 소중한 것을 선명히 떠올리게 해 주는 것은 인간의 가장 오래된 책이라는 친구입니다.

독서란 '나'를 찾고 있는 책을 만난다는 경험입니다. 언제 어느 때나 우리에게 미지의 친한 친구인 책. —— 바라는 것은 '책이 나의 친구'인 것이 아니라, '내가 책의 친구'인 모습입니다.

"누구나 마음만 먹으면 친구를 찾을 수 있습니다. 현실의 삶에서 친구가 없는 사람에게도 유일하게 친구가 되어 줄 수 있는 게 있다면 그것은 책입니다."

2장

독서를 위한 의자

어떤 의자에서 책을 읽어야 할까

독서란 글을 읽는 것, 책을 읽는 것입니다. 그렇지만 독서에 필요한 것은 사실 책이 아닙니다. 독서에 가장 필요한 것이 무엇인가 하면, 그것은 의자입니다.

책을 읽을 때 무엇이 가장 먼저 필요하냐고 묻는다면, 보통은 '무슨 책을 읽을 것인가'라고 생각합니다. 하지만 사실은 그렇지 않습니다. 책을 읽을 때 자신에게 가장 먼저 물어 봐야 하는 것은 '그 책을 언제 어디서 읽을 것인가', 즉 책을 읽는 시간과 장소입니다. 다시 말해, '그 책을 어떤 의자에서 읽을 것인가'라는 것입니다.

책에 대해서 이야기할 때 가장 먼저 하는 말은 '무엇을 읽을 것인가'입니다. '무엇을', 즉 소프트웨어를 묻습니다. 우리가 전자제품이나 자동차를 살 때 먼저 고려하는 것은 기능입니다. 맨 먼저 하드웨어를 묻습니다. 그런데 왜 독서의 경우에는 맨 먼저 하드웨어를 묻지 않을까요? 책은 소프트웨어입니다. 게다가 대단히 우수하고 풍부한 소프트웨어입니다. 그런데도 이 풍부한 소프트웨어를 어디서 어떻게 활용해야 할지, 독서를 둘러싼 하드웨어에 대해서는 그다지 묻지 않는다는 것은 이상합니다.

독서의 하드웨어란 어떤 것일까요? 책은 비행기에서 읽고, 지하철에서 읽고, 방에서 읽고, 도서관에서 읽는 것입니다. 그렇듯이 책을 읽는다는 것은 반드시 책을 읽는 장소, 시간과 관계가 있습니다. 길을 걸으면서, 자전거를 타면서 책을 읽지는 않습니다. 자동차를 운전하면서 책을 읽는 멍청한 행동은 하지 않습니다. 축구장에서 공을 차면서, 스키를 타면서 책을 읽지도 않습니다. 아무것도 하지 않을 때 읽는 것이 책입니다. 그만큼 책을 읽을 수 있는 기회와 장소는 매우 한정되어 있습니다.

게다가 책을 제대로 읽을 수 있을 만한 공간이 어디에나 있는 것도 아닙니다. 집이라는 공간이라면, 책은 책장에 꽂습니다. 책장은 창문 앞이나 방 한가운데에 놓지는 않습니다. 그러니까 책장을 놓으려면 벽이 필요합니다. 그런데 벽을 많이 만들면 집이 답답해집니다. 그래서 벽을 많이 만들지 않고 공간을 칸칸이 나누지 않는 주거 양식을 원한다면, 결국 책장이 없는, 즉 책이 없는 공간이 되어 버립니다.

원래 일본 가옥의 책장은 대부분 붙박이 가구가 아닙니다. 벽에 붙이기는 하지만, 벽 끝까지 선반을 올리지 않아

매우 불안정한 가구입니다. 게다가 책만큼 무겁고 성가신 물건이 없습니다. 불에 타기 쉽고, 물에 젖으면 못쓰게 됩니다. 그래서 지진이나 화재에 가장 위험한 가구가 책장입니다. 자동차도 전화도 라디오도 TV도 비행기도 없던 시절에도 책장은 있었습니다. 지금까지 우리의 생활을 둘러싼 하드웨어가 전부 다 변했지만, 선반에 책을 꽂는 게 전부인 책장은 변한 것이 거의 없는 가구입니다. 책장에 기술혁신 같은 건 없습니다.

지금까지 세상을 바꿔 온 것은 하루하루의 시간과 공간을 더 자유롭게 만들기 위한 다양한 하드웨어들이었습니다. 그렇게 생각하면 지금 독서의 매력을 없애 버리고 있는 것은 독서를 둘러싼 하드웨어를 더 매력적으로 만들려는 마음이 없기 때문이라는 생각이 듭니다. 그렇기 때문에 책을 어떤 의자에서 읽는지가 중요한 것입니다.

책의 내구력은 몇 년일까?

책은 가장 오래된 매체입니다. 파피루스가 생긴 이래로 기나긴 역사를 거쳐 온 매체입니다. 게다가 지금까지 인간이 책에게 바라 왔던 것은 그동안 조금도 변하지 않았습니다. 본질은 아무것도 변하지 않고 지금까지 쭉 그대로 이어져 온 매체는 책 말고는 없습니다.

가장 새로운 매체가 가장 진보한 매체다, 라는 것이 오늘날 매체의 모습인데, 레코드를 예로 들어 보더라도 지난 백 년 사이에 일어난 변화는 믿기 어려울 정도입니다. '그라모폰'이라는 원반형 레코드가 만들어진 것은 에디슨과 벨 형제가 원통형 축음기를 세상에 내놓은 후로, 지금으로부터 백여 년 전의 일입니다. 일본에서는 20세기에 들어와 레코드 회사가 생겼는데, 오랫동안 SP 음반 시대가 이어지다가, 2차 대전 후에 LP 음반이 나오면서 크게 바뀝니다.

그 후 스테레오가 되고, 하이파이가 되고, 카세트테이프가 널리 퍼지면서 이제 레코드는 완벽한 형태를 이루었나 싶었는데, CD가 나오면서 모든 게 달라졌습니다. 그 CD를 또 MD가 뒤쫓는 식으로 끊임없이 새로움을 추구해온 것이 레코드의 역사입니다. 그런데 이러한 근대 기술의 산물인 레코드의 약점은, 너무도 빨리 변하는 바람에 그때까지 듣던 레코드를 더 이상 듣지 못하게 된다는 것입니다. CD 플레이어로는 LP를, MD 플레이어로는 CD를 들을 수가 없습니다.

이삼십 년 전의 세탁기를 굳이 원하는 사람이 없듯이, 하드웨어의 기능이 점점 늘어나고 새로워질수록 그 사용 기간은 아주 짧아지고 있습니다. 망가지면 그걸로 끝인 것이 새로운 하드웨어입니다. 하지만 책이라는 하드웨어의 변화는 마치 지네의 발 하나하나에 신발을 신기는 것처럼 느릿느릿합니다. 그 대신 그에 대한 보상으로, 책은 사용 기간, 식품에 비유하자면 유통기한이 대단히 깁니다.

아무리 오래된 포도주라도 책만큼 오래된 포도주는 없습니다. 20세기, 특히 20세기 말이 가까워지면서 점점 더 가속적으로 발전해 온 하드웨어는 마치 해마다 햇포도로 담은 포도주 같은 것이어서 이듬해가 되면 사라져 버립니다.

하지만 우리는 2,500년 전의 책을 지금도 읽을 수 있습니다. 예를 들어, 플라톤 같은 사람의 책도 읽으려고 마음만 먹으면 누구나 읽을 수 있습니다. 2,500년 전의 책을 지금 동네 책방에서도 볼 수 있는 것입니다. 그리고 그 책을 읽으면 마치 2,500년 전 아리스토파네스의 딸꾹질 소리까지도 들려오는 듯합니다.

성경이라는 책이 있습니다. 성경은 아주 재미있는 책으로, 장과 절로 구분되어 번호가 붙어 있습니다. 번호를 따라 펼쳐서 읽는 책이니까 번호가 있는 게 당연하다고 생각하겠지만, 원래 성경에는 장이나 절의 번호가 없었습니다. 16세기 중반이 되어서야 비로소 번호를 써넣게 되었다고 하는데, 말하자면 번호가 널리 쓰이게 된 이후로 실제로 성경에 제대로 기입되기까지 무려 천 년이 넘는 시간이 걸렸다는 것입니다. 지금처럼 번호가 붙어 인용에 사용되게 된 지 4백 년이 지난 것입니다.

4백 년, 천 년이 넘는 기나긴 시간에 걸쳐, 한 권의 책이라는 하드웨어가 자신의 모습을 갖추게 된 것입니다. 책이란 가장 단순한 매체처럼 보일지도 모르지만, 사실은 그토록 오랜 시간 동안 서서히 만들어진 매체입니다. 독서란 그런 한 권의 책이 가지고 있는 시간 속으로 들어가는 것입니다.

책을 읽기 위한 의자

그렇기 때문에 우리가 다시 생각해야 할 것은 '어떤 책을 어떤 의자에서 읽을 것인가' 라는 것입니다.

옛날에는 실로 꿰매어 옆으로 눕혀서 보관하던(전통 제본) 것이 지금처럼 단단한 표지를 대고 세로로 세워서 보관하는(양장 제본) 방식으로 바뀐 것은《서국입지편(西國立志編)》*이라는 책이 나온 후부터라고 합니다. 재미있는 건 그 책이 출간된 때가 에디슨이 최초의 원통형 축음기를 만든 1877년으로, 마침 일본에서 의자가 일상적인 가구로 변해 가던 시기와 겹친다는 것입니다. 전통 제본 방식으로 책을 만들던 시대에는 공부할 때도 방바닥에 앉아서 책을 읽었지만, 양장 제본 시대가 되자 의자에 앉아서 공부하게 되었습니다.

책을 읽는 법과 의자에 앉는 법은 서로 깊은 관계가 있습니다. 의자가 일상의 가구가 된 지 고작 백 년 정도밖에 되지 않은 일본의 경우, 의자는 여전히 미숙한 가구에 머물러 있습니다. 여러분은 책 한 권을 손에 들고 읽을 수 있는 의자라고 하면, 어떤 의자가 떠오르나요? 소파인가요? 접이식 캠핑 의자인가요? 아니면 사무용 의자, 또는

* 영국에서 1859년에 출간된 새뮤얼 스마일즈의《자조론(Self-Help)》의 일본어 번역본. 초판은 1871년에 나왔고, 1877년에 양장 제본으로 다시 간행되었다.

공부할 때 앉는 의자 같은 건가요? 컴퓨터 작업 같은 데스크 업무를 위한 의자는 책을 읽기 위한 의자일까요?

공원에는 벤치가 있습니다. 저는 벤치를 좋아하는데, 외국에서 벤치에 앉아 보면 벤치가 하나같이 다른 것에 놀라곤 합니다. 높이나 폭, 등받이의 굴곡, 손잡이, 앉았을 때 눈이 닿는 거리, 벤치가 놓여 있는 공간. 그냥 지나치면 알아차리지 못하겠지만, 앉아 보면 나라마다 벤치가 하나하나 다 다릅니다. 그 차이는 어쩌다 보니 달라진 것이라기보다는 아마 의자의 역사에서 비롯된 차이일 것입니다.

의자 역사의 차이는 의자 사용법의 차이입니다. 앉는 법이 다른 것입니다. 책을 읽는데 앉는 법은 상관없다, 책은 어디서나 읽을 수 있다, 책을 읽는 데 의자를 가릴 필요는 없다, 이런 말은 억지 주장입니다. 의자를 사용하지 않던 예전에는 앉은뱅이 책상이나 독서대 같은, 독서를 위한 세련된 가구가 있었습니다. 하지만 의자를 중심으로 하는 생활이 된 지금, '이 의자가 책 읽기에 가장 좋다', '이게 나한테 딱 맞는 의자다' 라고 말할 수 있는 그런 의자가 우리의 일상 풍경 속에서 흔히 볼 수 있다고는 아직 말할 수 없습니다.

대부분의 의자는 쿠션이 필요하지만, 제가 개인적으로 가장 좋아하는 것은 미국 코네티컷주에서 만들어진 나무 의자입니다. 나무로 만들어졌지만 쿠션이 전혀 필요 없을 만큼 매우 섬세한 곡선을 가진 의자로, 몇 시간을 앉아 있어도 피로하지 않습니다. 의자에 쿠션이 없다는 것조차 의식하지 못할 정도입니다. 좋은 의자는 오래 앉아 있어도 피로를 느끼지 않는 의자입니다.

조지 나카시마라는 세계적으로 유명한 가구 장인이 만든 독서용 의자가 있습니다. 군더더기 없는 디자인의 수제 의자로, 나무가 가진 아름다움이 숨을 쉬고 있는 것이 나카시마 의자의 특징인데, 제가 독서용 의자라고 부르는 나카시마 의자는 사실 한쪽에만 팔걸이가 붙어 있는 라운지 체어를 말합니다. 엉덩이를 대고 앉는 부분의 나무판 디자인이 인상적으로, 양쪽으로 야트막하게 펼쳐진 옴폭한 부분이 마치 책을 펼쳐 놓은 모양처럼 보이기도 합니다.

실제로 독서를 위해 만들어진 의자는 아니었을지 모르지만, 이 나카시마 의자는 책을 읽기 위한 의자라는 꿈을 만족시켜 주는 의자로, 저는 늘 이 의자는 책을 읽기 위해 만들어진 것이라고 생각했습니다. 정말로 책을 읽기 위해 만든 의자가 있으면, 책과 사귀는 법이 달라집니다. 의자는 원래 일상에서 그런 역할을 하는 가구이기 때문입니다.

교회에는 교회의 의자가 있습니다. 그 의자가 아니면 교회라는 공간에 어울리지 않을 것 같은 의자입니다. 자동차에는 자동차의 의자가 있습니다. 그 의자가 아니라면 자동차를 운전하기 힘들 것 같은 의자입니다. 그렇게 생각하면 독서를 위한 의자가 없다는 것이 오히려 이상한 일입니다. 그런데 집에 서재가 있는 사람이라도, 자기만의 방이 있는 사람이라도, 책을 읽기 위한 의자를 — 벤치라도 상관없지만, 오로지 독서만을 위한 의자를 — 아주 쓰기 편한 것으로 갖고 있는 경우는 거의 없습니다.

책의 시간, 인생의 시간

우리는 아직 오랜 시간 동안 앉아서 책을 읽을 수 있을 만한 좋은 의자를 갖지 못하고 있습니다. 일본에는 공부를 위한 책상과 의자가 대부분이어서, 독서가 즐거움이 아니라 공부가 되어 버립니다. 그러다 보니 책을 읽으려고 하면 몸이 앞으로 쏠리는 자세가 되어 버리는데, 이것은 기분 좋게 책을 읽는 자세라고 할 수 없습니다. 독서를 그저 공부로만 생각하기 때문에, 독서를 위한 의자가 없어도 당연하다고 생각하는 것입니다.

맑은 날 공원에 가면 벤치에서 책을 읽는 사람을 거의 볼 수 없습니다. 서양에서는 반드시라고 말할 수 있을 정도로 공원의 벤치에서 책 읽는 사람을 볼 수 있습니다. 잔디밭이 있으면 잔디밭에서 신문을 읽습니다. 잔디밭에서 책을 읽는 모습은 서양에서는 친숙한 풍경이지만, 일본에서는 맑은 날 넓은 공원에 가 보면, 사람들이 많이 나와 있어도 벤치에서 책 읽는 사람을 보기는 쉽지 않습니다.

우리는 원래 책 읽기를 무척 좋아했지만, 지금 우리 일상생활의 여러 면을 하나하나 생각해 보면, 책을 읽기 위해 필요한 하드웨어는 점점 더 부족해지고 있는 것처럼 보입니다. 책을 읽는다는 것은, 책을 읽기 위한 시간과 장소를 만드는 것이라는 의식을 제대로 하지 못하고 있다는 것입니다. 그리고 그런 의식이 사라지고 있는 것이 생활의 풍경을 매력적이지 않게 만들고 있다는 생각이 듭니다.

지금은 젊음이 시대의 척도로 여겨집니다. 젊다는 것이 좋다고 여겨지는 시대이지만, 우리 앞에 기다리고 있는 것은 옛날 사람들보다 훨씬 더 길어진 인생입니다. 옛날에는 학교를 졸업하면 남은 인생이 30년이나 40년쯤이라고 생각했지만, 지금은 그 후로 80년에 가까운 인생을 생각해야 할지도 모릅니다. 몰래 숨어서 우리를 기다리고 있는 인생의 시간이 터무니없이 길어졌습니다. 어설프게 나이를 먹고 있을 수만은 없게 된 것입니다.

백 년 전, '인생 50년'이라고 말하던 시절에는 무슨 일을 하든 어처구니없이 긴 시간이 걸렸습니다. 자동차도 없었고, 비행기도 없었습니다. 어디에 가더라도 지금의 기준으로는 터무니없이 많은 시간이 걸렸습니다. 그런데 그것이 어느샌가 점점 빨라졌습니다. 고속철도가 생겼습니다. 예전에는 무엇을 하든, 어디를 가든, 시간을 생각해야 했습니다. 이것저것 한다는 것은, 시간이 걸리는 일을 구태여 한다는 것이었습니다. 채소를 절이는 데에 계절 하나가 필요했습니다. 인생이 짧았을 시절에는 무언가를 하는 데에 그만큼 긴 시간이 필요했습니다. 그래서 그때는 지루함을 느끼기도 전에 시간이 지나가 버린 것입니다.

옛날에는 하루나 이틀 걸리던 곳에 지금은 하루 만에 다녀올 수 있습니다. 이렇게 시간을 아끼며 서두르는데, 게다가 옛날 사람들이 살았던 시간보다 두 배나 더 긴 인생을 보내야 한다면, 시간은 오히려 부담스러운 것이 될지도 모릅니다. 삶은 편리해지고 시간은 점점 더 절약할 수 있게 되었는데, 인생의 시간은 점점 더 길어졌습니다. 그럼 어떻게 되는 걸까요? 쓰지 않는 시간, 남아서 넘치는 시간, 아무것도 하지 않는 시간, 극단적으로 말하면, 무엇을 해야 할지 모르는 시간이 점점 늘어난다는 것입니다.

우리의 인생은 어찌해야 할지 모를 만큼 긴 시간이 눈앞에 기다리고 있는 인생입니다. 그것을 생각할 때 더더욱 중요해지는 것이 독서라고 생각합니다. 우리의 인생 속으로 비집고 들어온 이 터무니없이 긴 시간도 충분히 버텨낼 수 있을 만한 소프트웨어를 가진 것, 평생 아무리 써도 다 쓰지 못할 만큼의 소프트웨어를 가진 것은 책 말고는 없기 때문입니다. 책이라는 소프트웨어는 10년, 30년의 산물이 아닙니다. 짧게 어림잡아도 2천 년, 3천 년에 걸쳐 만들어진 것입니다.

책과 사귀는 법

예를 들어, 대학교에 입학하면 학교가 자랑하는 도서관

의 장서를 얼마만큼 읽을까요? 부지런히 읽는다고 해도 백 권쯤 읽을 수 있을까요? 그렇게 생각하면, 대학이 자랑하는 근사한 도서관은 거의 아무도 읽지 않는 책이 잔뜩 보관되어 있는 곳입니다. 그러나 실제로 읽을지도 모르는 백 권쯤의 책만 소장하고 있는 도서관은 도서관이라고 부를 수 없습니다. 책은 정말 신기합니다. 쓰지 않는 세탁기, 쓰지 않는 자동차는 아무리 잔뜩 쌓여 있어도 도움이 되지 않습니다. 하지만 책은 그렇지 않습니다. 도서관이 없는 대학교에 들어가고 싶은 사람은 아무도 없을 것입니다. 그런데 막상 대학에 들어가도 도서관의 책을 거의 읽지 않은 채 졸업합니다.

이제는 책을 읽지 않는 시대가 되었다고 자꾸 말하지만, 그렇지 않습니다. 책은 읽히지 않음으로써 가치가 있는 것입니다. 책을 읽지 않는 사람은 책을 읽지 않음으로써 책의 세계에 가장 깊숙이 관여하게 되는 셈입니다. 읽지 않으면 않을수록 가치가 있는, 2천 년, 3천 년의 신기한 시간을 책은 살아온 것입니다.

책 같은 건 읽지 않아도 된다고 생각하는 사람들이 많다고 해도 괜찮습니다. 책이라는 것은 읽지 않음으로써, 또는 읽히지 않음으로써 오히려 미래를 얻게 된 것입니다.

도서관이라고 하는, 읽히지 않는 책을 소중히 간직하는 공간이 우리 사회에 없어서는 안 되는 장소가 된 것은 바로 그 때문입니다. 2천 년, 3천 년을 살아온 책이라고 하는 매체가 없으면 소프트웨어를 충분히 담을 수 없는 것이 우리의 역사입니다.

책의 세계에는 사회의 하드웨어를 눈부시게 발전시켜 온 다양한 기술도 해내지 못하는 것이 있습니다. 편리한 기술은 경험의 생략을 가져다주었지만, 그로 인해 오로지 경험으로만 얻을 수 있는 지혜가 사라져 버렸습니다. 그리고 그로 인해 우리들 사이에는 사회적 공백이 생겨 버렸습니다. 그 공백을 메울 수 있는 것을 찾으려고 할 때, 우리가 원하는 것은 틀림없이 책의 세계에서 찾을 수 있습니다.

제가 이렇게 말하면, 어김없이 "그런 책이 어떤 책인가요?" 라는 질문을 받습니다. 독서에 대해 이야기를 하다 보면, "이런 좋은 책이 있다. 이런 책을 읽어야 한다."라는 대답을 기대하는 사람이 꼭 있는데, 그런 질문만큼 좋지 않은 질문은 없습니다. 독서에 대한 이야기를 할 때 "어떤 책을 읽으면 좋을까요?"라는 질문은 사실 불필요한 질문입니다. 좋지 않은 질문에 좋은 대답은 없습니다.

책은 찾아도 없는 것이 오히려 당연하기 때문입니다. 서점에 책이 그렇게 많은데 책이 없다니, 무슨 말이지? 하고 생각할지도 모르지만, 지금 내 눈앞에 있는 책은 그때 마침 내 눈앞에 있는 책일 뿐입니다. 책의 세계란 그런 것입니다. 그런 만큼 중요한 것은 스스로 책을 만나는 것이고, 스스로 책을 찾는 것이며, 그렇게 해서 스스로 책을 읽는 것입니다. '스스로'가 유일한 원칙입니다.

그렇게 스스로 찾을 수 있어야 하는 이유는, 기술을 우선하게 되면 자칫 풍부한 소프트웨어의 힘을 우습게 여기기 쉽기 때문입니다. 시간이 흘러 먼 훗날 지금을 뒤돌아보면 '그렇게 소프트웨어가 빈약한 시대를 살았구나' 하고 생각할 수도 있는 것이 지금의 시대인지도 모릅니다. 지금 우리 눈앞에서 일어나고 있는 변화는, '눈앞에 무엇이 없는지, 무엇이 없어졌는지'를 곰곰이 생각해야 하는 변화입니다.

변화하는 독서의 하드웨어

기술의 변화가 불러온 커다란 변화를 제가 몸소 실감했

던 대표적인 예는 레코드입니다. 저는 어린 시절에 로큰롤의 등장을 경험했고, 그 후 비틀즈와 밥 딜런을 경험했습니다. 또한 그때는 재즈의 황금시대로 불리던 시절이었던 만큼, 나에게 무엇과도 바꿀 수 없는 경험이 된 것은 음악, 더 정확히는 음악을 듣는 경험이었습니다.

음악을 듣는다는 것은 다시 말해, 레코드를 듣는다는 것이었습니다. 그런데 레코드만큼 극단적으로 기술 발전에 큰 영향을 받은 예는 그리 많지 않을 것입니다. 저는 늘 레코드를 들으며 살아왔는데, 대학을 졸업하고 20년쯤 지나자 별안간 레코드의 세계가 끝이 난 것입니다. 그때 저는 레코드를 2천 장쯤 갖고 있었는데, 레코드 플레이어도, 레코드 바늘도 더 이상 만들어지지 않게 되었습니다. 2천 장의 레코드도 레코드 바늘이 없으면 들을 수가 없으니, 마지막 남은 바늘까지 사 모으기도 했지만, 결국에는 CD의 세상이 되고 말았습니다.

말은 쉽지만, 당연히 괴로웠습니다. 레코드로 늘 음악을 들으며 살아온 그때까지의 나 자신과 관계가 끊어진 셈이니까요. 하지만 CD를 만든 디지털 기술은 예전의 레코드 세계가 할 수 없었던 것을 가능하게 했습니다. 즉, 오래된 음원을 재생함으로써 소프트웨어를 단기간에 비약적으로 풍부하게 만든 것입니다. 그러니까 하드웨어의 변화를 널리 정착시키는 것은 결국 소프트웨어가 얼마만큼 매력적이고 풍요로운가에 달려 있는 것입니다. 이런 것들이 '듣기'라는 경험의 변화를 정면에서 적극적으로 받아들인 한 사람이 느낀 소소한 감상입니다.

그런데 CD로 인해 소멸했다고 생각한 레코드가 되살아났습니다. 레코드의 음색을 선호하는 사람도 있고, LP라는 레코드의 소프트웨어가 가진 독특한 매력을 CD가 전부 다 대신할 수도 없기 때문입니다. 하지만 그보다 더 큰 이유는, '한때 경험한 것'은 사람들의 마음속에 어떤 그리움을 또렷이 남겨 놓기 때문입니다. 제 경우, 지금은 주로 CD로 듣고 있지만, 대부분의 레코드는 재킷 하나하나에 대한 애착도 있기 때문에 그대로 가지고 있습니다.

독서의 미래를 생각할 때 제가 잊지 않으려고 하는 것은 음악을 듣는다는 것을 통해 절실히 느꼈던 그런 생각들입니다. 책의 세계도 마찬가지로 기술 변화에 영향을 받습니다. 새로운 기술은 어려운 것을 쉽게 만들고, 시간을 가능한 한 줄이려고 합니다. 독서의 환경도 변했습니다. 그중에서도 크게 변한 것은 독서의 하드웨어입니다.

책을 읽을 때 가장 중요한 하드웨어 중의 하나는 자신

의 눈입니다. 눈을 쓰지 못하면, 언제 어디서나 마음대로 책을 읽는 것이 힘들어집니다.

저는 전철 안에서는 책을 읽지 않습니다. 언젠가 신칸센을 타고 교토에서 도쿄로 돌아오는 길 내내, 영문판 페이퍼백을 읽은 적이 있습니다. 아주 자잘한 활자로 빽빽이 채워진 5백 페이지 정도의, 메리 웰시 헤밍웨이가 쓴 《How It Was》라는 책이었습니다. 그런데 도쿄역에 도착해 플랫폼에 내리는 순간, 눈앞이 핑 돌면서 나도 모르게 주저앉고 말았습니다. 그때부터입니다. 나의 몸이라고 하는, 나와 가장 가까운 하드웨어조차도 어느 날 갑자기 내 마음대로 사용할 수 없게 되는 것입니다.

그것은 독서의 하드웨어라는 것이 독서라는 개인적인 경험을 얼마나 좌지우지하는지를 보여 준 것입니다. 언제나 우리를 기다리고 있는 것은 시간입니다. 지금은 우리의 조부모가 경험했던 것보다 훨씬 더 긴 인생의 시간이 우리를 기다리고 있습니다.

'그렇게 긴 시간을 어떻게 나 스스로 떠맡아야 할 것인가', 그리고 '앞으로 나는 어떤 식으로 책과 사귀어 갈 것인가', 이 두 가지는 어쩌면 별개의 문제가 아닐 거라고 저는 생각합니다.

의자로 인생이 변한다

다시 의자 이야기로 돌아가 볼까요? 한 권의 책을 읽을 때, '어떤 의자에서 읽을 것인가'를 먼저 생각한다면, 독서를 위한 좋은 시간을 가질 수 있습니다.

'이 책을 앉아서 끝까지 다 읽을 수 있을 것 같은 의자.' 그런 의자를 찾을 수 있는지 없는지에 따라 인생이라는 시간의 풍경이 달라집니다. 앉아서 편안한 의자는 좋은 시간을 주고, 불편한 의자는 나쁜 시간을 줍니다. 그것이 의자가 가진 비밀입니다.

이 책을 어떤 의자에서 읽을 것인가를 생각하고, 그러고 나서 나 자신을 생각해 보는 것. 앞으로 그런 것이 중요해질 것입니다.

책을 읽는 데 필요한 것이 공부방이나 연구실 같은 방일까요? 아니면 서재나 별장처럼 따로 마련된 장소일까요? 꼭 그런 건 아니라고 생각합니다. 예를 들면, 지정석을 마련한 열람실을 도서관에 만듭니다. 열람실의 의자를 지정석으로 하고, 일정 기간의 이용권을 만드는 것입니다.

그리고 그곳을 이용하고 싶은 사람은 열람실 의자의 권리를 사는 것입니다. 그런 식의 방법을 좀 더 생각해 봐야 합니다.

지금은 시행되고 있지 않지만 예전에는 그런 제도가 있었습니다. 20세기 초, 오사카에 부립 도서관이 지어졌을 때, 열람실 의자는 예약제였고, 이용권을 받으면 의자를 전용으로 사용할 수 있었습니다. 그래서 도서관에 가서 자기만의 의자에서 책을 읽는 사람들이 적지 않았다고 합니다. 그런 의자가 예전의 마을 도서관에 있었고, 그곳에 가서 책을 읽는 사람들이 있었던 것입니다.

그런 의자 본연의 모습이 사실은 정말로 중요한 게 아닐까 생각합니다. 예전에는 재즈 카페라고 불리던 커피숍이 곳곳에 있어서, 듣고 싶은 음악을 신청할 수 있었습니다. 재즈 카페에는 오랫동안 앉아 있을 수 있는 의자가 있었습니다. 편안한 느낌의 의자는 아니었지만, 그곳에는 음악을 집중해서 들을 수 있는 시간이 넉넉히 있었습니다. 제가 원하는 것은 '의자의 자유를 얻음으로써 마음이 열리는 듯한' 그런 의자입니다.

책을 읽는다면 심호흡을 하듯이 책을 읽고 싶습니다. 책을 읽으며 인생을 심호흡할 수 있는 장소가 있다면, 그것은 좋은 의자에서일 것입니다. 그렇게 나를 위한 의자를 찾을 수 있다면, 좋은 책을 읽는 시간, 또는 책을 읽어서 좋은 시간을 얻을 수 있을 거라고 생각합니다.

나만의 의자. 나에게 제일 좋은 의자. 여기에 앉으면, 설령 책을 읽지 않고 무릎 위에 올려 놓은 채 잠이 든다고 해도 기분 좋은 의자. 그런 의자를 만날 수 있다면, 인생이라는 시간의 감촉은 분명 달라질 것입니다.

나만의 의자를 스스로 찾습니다. 어떤 의자든 상관없습니다. 그것이 나에게 나만의 의자라고 말할 수 있는 의자라면 말입니다. 그러면 뮤지션이 자신의 악기를 가짐으로써 자신의 음악을 얻을 수 있듯이, 책을 읽는 사람도 자신의 의자를 가짐으로써 자신의 독서를 얻게 될지도 모릅니다.

좋은 의자 하나를 나의 일상 속에 놓아 둘 수 있다면, 무언가가 달라집니다. 그 무언가가 사실은 독서라는 것이 우리에게 주는 것입니다. 그렇게 하면 저마다 인생을 보내는 법이 꽤 달라집니다. 예를 들면, 예쁜 무릎 덮개가 갖고 싶어집니다. 또는 하늘을 올려다보고 싶어집니다.

책이라는 건 펼쳐서 읽어야 하고, 읽지 않는 동안은 책을 읽은 것이 아니다. 그렇지 않습니다. 책은 읽지 않아도 됩니다. 하지만, 책을 읽고 싶어지는 생활을 스스로 만들어 나가는 것이 앞으로 한 사람 한 사람에게 매우 중요해질 것입니다.

어떤 책을, 어떤 식으로, 언제 읽을지는 각자가 스스로 생각해야 합니다. 서점에 가서도 어떤 책을 읽으면 좋을지 망설여질 때가 있습니다. 의자를 찾는다고 해도, 가구점에 가기만 하면 내가 원하는 의자가 바로 거기에 있는 것이 아닙니다. 하지만 서점에 들르는 시간, 가구점에서 의자를 둘러보는 시간을 나의 하루 안에 마련하는 것만으로도, 책이 있는 인생의 풍경이 보입니다.

'일상 속에서 책을 읽는다는 것은 이런 것이다.' 제가 되찾고 싶은 것은 이제는 자칫 잃어버리기 쉬운 그런 감각입니다. 그러기 위해서라도 저는 심호흡을 하듯 책을 읽고 싶습니다.

3장

나만의 말을 찾는다

전부 다 똑같아졌다

어디를 가도 전부 다 똑같습니다. 지금은 전국 어디를 가도 전부 다 똑같은 표정을 짓고 있습니다. 신칸센 역은 어느 곳이나 다 똑같이 생겼습니다. 공항도 그렇습니다. 어디든 별반 다르지 않습니다. 거리의 풍경도 그렇습니다. 똑같은 프랜차이즈 가게가 있고, 똑같은 브랜드가 있고, 똑같은 패스트푸드점이 있고, 똑같은 음식이 있습니다.

편의점은 판매하는 상품뿐만 아니라 가게의 규모, 간판, 조명, 손님을 대하는 태도, 서비스도 다 똑같습니다. 가나자와의 편의점도, 구시로의 편의점도, 가고시마의 편의점도 다 똑같습니다. 어느 지점에 가도 차이가 없고, 오히려 어디나 다 똑같다는 것에 가치가 있습니다. 장소가 다르고, 지방색이 다르고, 지역이 달라도 생활은 다르지 않습니다. 이곳에서 먹는 음식과 그곳에서 먹는 음식이 똑같습니다.

설날에는 떡국을 먹습니다. 옛날에는 지방마다 전혀 다른 방식으로 떡국을 끓였습니다. 홋카이도의 떡국과 도쿄의 떡국, 간사이의 떡국과 사쓰마의 떡국은 각각 전혀 다른 방식으로 먹는 음식이었고, 그것이 당연했습니다. 그런데 지금은 설날에 어느 동네 편의점에 가더라도 똑같은 떡국이 진열되어 있습니다.

그것이 보통이다. 누구나 그렇게 생각하는 것이 보통인 것이고, 그렇게 생각하고 있는 내용도 다 똑같습니다. 하지만 전부 다 똑같은 풍경 속에서 살아가는 삶은 예전에 우리가 살던 방식과는 다릅니다. 지금 우리는 지금까지의 삶과는 완전히 다른 삶을 살고 있다고 말할 수 있을 정도이지만, 당사자인 우리는 그 사실을 그다지 깊이 의식하고 있지 않은 것 같습니다.

지진이나 홍수 같은 뜻밖의 재해가 발생하거나 생각지도 못한 위급한 사건에 처할 때가 있습니다. 그럴 때, 그 상황을 가장 알기 어려운 사람은 바로 그 상황에 둘러싸인 현장에 있는 사람들입니다. 자신이 바로 그 자리에 있는데도, 그 상황에 대해 자기 자신이 누구보다 모르고 있는 것입니다. 지진이나 큰 사건이 일어날 때마다 당사자라는 것의 어려움을 가장 잘 보여 주는 것이 바로 우리가 TV로 보는 생중계입니다. 방송되는 상황의 이쪽에 있는 사람은 알 수 있는 것을 그 한복판에 있는 사람은 절대 알 수 없습니다.

그 상황을 현재라는 시간으로 바꿔서 생각해 보면, 우리가 살고 있는 현장에 대해서 누구보다 모르고 있는 사람은, 모든 것이 다 똑같은 풍경 속에 있는 지금의 우리 자신인지도 모릅니다. 모든 것이 다 똑같은데도, 우리 눈앞에 보이는 것은 종종 어찌해야 할지 몰라 갈팡질팡하는 사회의 모습이기 때문입니다.

예를 들면, 베스트셀러가 보여 주는 모순이 그렇습니다. 하야시 후미코가 쓴《방랑기》라는 책이 있습니다. 1930년 무렵에 나와 출간되자마자 40만 부 가까이 팔리는 베스트셀러가 되었고, 그 후로 지금까지도 꾸준히 읽히는 책이 되었습니다. 그런데 지금은 어떨까요? 2백만 부, 3백만 부가 넘게 팔린 밀리언셀러도 대부분은 조금 지나면 읽히지 않는 책이 됩니다. 작년의 베스트셀러가 올해는 읽히지 않는 것이 보통입니다. 그리고 그렇게 수많은 베스트셀러가 있는데도, 지금 이 시대를 책을 읽지 않는 시대라고 말합니다.

노래도 마찬가지입니다. 메가 히트곡이 나오는 시대가 된 지금은 4백만 장, 5백만 장이나 팔린 노래가 있습니다. 그런데 그렇게 히트를 쳐도 그 노래가 어디서나 들려오는 일은 없어졌습니다. 예전에는 10만 장쯤 팔리면 그 노래는 어디서나 들려왔고 누구나 다 아는 노래가 되었습니다. 그런데 오히려 백만 장이 넘게 팔리는 메가 히트 시대가 되니까 세대를 초월하여 누구나 다 아는 노래는 거의 볼 수 없게 되었습니다.

말은 다름을 나타내는 것이다

지금 우리는 전부 다 똑같아지고, 전부 다 똑같은 책을 읽고, 전부 다 똑같은 노래를 듣고 있는데도, 오히려 서로 공유할 수 있는 것은 아무것도 없는 것 같은 느낌이 듭니다. 그것은 전부 다 똑같은 사회, 전부 다 똑같은 문화가 그 한복판에 있는 우리 눈에는 보이지 않기 때문입니다.

지금 우리에게는 우리 자신의 모습이 보이지 않습니다. 모든 게 다 똑같아진 지금 이 시대에, 우리 자신이 완벽하게 당사자가 되어 버렸기 때문입니다.

오늘날처럼 아웃사이더가 사라진 시대는 오히려 어렵습니다. 전부 다 똑같은 속에서, 그렇다면 서로 다른 것이 무엇인지 어떻게 느끼고, 어떻게 내 안으로 받아들일 수 있을까, 그것이 어려운 것입니다.

겨울에는 누구나 머플러를 두릅니다. 머플러라는 것은 매는 법이 중요한데, 설령 다들 똑같은 머플러를 갖고 있다고 해도 매는 법이나 몸에 두르는 모양에 따라 인상이 완전히 달라지기도 합니다. 똑같은 머플러라도 서로의 인상이 전혀 다르게 보이는 것은 그것을 사용하는 법, 매는 법 때문입니다. 머플러는 매는 법이 다양해서 그때그때 유행하는 스타일을 따르기도 하고, 수수하게 매기도 하고, 깔끔하게 매기도 하고, 세련되게 매기도 합니다. 어떻게 매느냐에 따라 기분도 달라집니다.

이것을 우리 생활 속으로 가져와서 생각해 볼 때, 그런 방식으로 서로의 다름을 표현하는 것이 있다면, 그것은 바로 '말'입니다.

'말이 똑같다'라는 것은 우리가 이 나라에서 사투리나 억양 등 다양한 차이는 있지만, 그래도 다들 거의 똑같은 언어로 말을 한다는 것을 뜻합니다. 하지만 똑같은 일본어를 말하고 있다고 해도, 사실은 전부 다 다른 일본어의 경험 속에서 자라났습니다.

전부 다 똑같이 가지고 있는 것 안에서 개성이 생겨납니다. 우리는 그렇게 저마다의 말을 사용함으로써 그 개성의 차이를 빛내며 살아온 것입니다.

그런데 지금은 전부 다 똑같다는 것만 의식하여, 똑같음 속에서 서로의 다름이 생긴다는 것, 그리고 다르다는 것과 달라진다는 것이 얼마나 소중한 것인지 그다지 생각하지 않게 되었습니다. 그리고 그것은 그만큼 우리가 말이 가진 힘의 소중함을 돌이켜보고 있지 않다는 것입니다.

'나는 누구인가'라는 물음

모든 것이 다 똑같은 지금 우리의 모습을 생각할 때, 각자의 다름을 만들고, '나'라는 것을 독자적으로 만들고, 그러기 위해서 제일 중요한 것인 말을 내 것으로 만들어 가려는 생각이 희미해지고 있는 것 같습니다.

전부 다 똑같다는 것이 큰 의미를 갖게 된 지금, 한 사람 한 사람의 삶의 방식을 사회적으로 특징짓게 된 것은 수명입니다. 예전과 비교해 하루하루의 모습을 비약적으로 변하게 한 것은 누구나 나이를 많이 먹어도 살 수 있게 되었다는 것입니다. 그럼에도 불구하고, 스포츠나 예능, 음악 같은 분야가 특히 그렇습니다만, 10대에 최전성기를 맞이하고 20대에 은퇴하는 경우조차 있습니다.

달리 말하면, 빨리 노인이 되는데 거기다 오래 살기까지 해야 하는 것입니다. 스무 살에 은퇴하면, 인생 백 년이라고 할 때 80년을 은퇴한 채로 살아가야 합니다. 서른 살에 은퇴하면 그 후로 70년을 살아야 합니다. 마흔 살까지 열심히 산다고 해도 은퇴하고 60년을 더 살아야 하는 것입니다.

나쓰메 소세키는 쉰 살이 되기 전에 세상을 떠났습니다. 지금은 그때와는 완전히 다른 세상이 되었습니다. 스무 살에 은퇴하고 80년을 또 다른 방식으로 살아가야 하는, 그런 커다란 변화가 일어나고 있는 곳에 지금 우리가 와 있는 것입니다. 더구나 지금 이 세상은 누구나 다 똑같고, 어느 누가 특별히 뛰어난 시대가 아닙니다.

기술의 진화가 이루어 낸 것은 누구나 동등한 세상이었습니다. 그런데 전부 다 똑같은 세상이 되면 될수록 점점 더 골칫거리가 된 것은, 그렇다면 '나'란 누구인가, 라는 것이었습니다.

완전히 똑같은 생물체를 만들 수 있다는 사고방식을 갖게 되고, 크론 같은 것이 만들어져도 이상하게 여기지 않게 되었습니다. 대량생산, 대량소비가 가능해진 이 시대의 풍요로움은 똑같은 것을 얼마든지 원하는 만큼 만들어 낼 수 있다는 생각에서 이루어진 것입니다.

지금이라는 시대는 복제의 시대, 복제가 문화인 시대입니다. 우리가 정보라는 이름으로 부르고 있는 것은 똑같은 것을 얼마든지 만들어 낼 수 있는 복제를 말하는 것입니다. 복제란 다양한 것을 전부 다 똑같이 만든다는 생각, 똑같은 것을 많이 만든다는 생각을 실현한 것입니다.

모든 것이 똑같은 상황을, 전부 평등하게, 모두가 똑같아지도록 만들어 낼 수 있는 상황이 거대한 파도처럼 밀어닥쳐, '내'가 아니면 안 되는 것, '당신'이 아니면 안 되는 것이 사라져 버린 시대를 눈앞에 두고 있는 지금, 그렇다면 '내가 아니면 안 되는 것은 무엇일까'라는 물음은 앞으로 우리 각자에게 중요한 문제, 아니, 어려운 문제가 될 것입니다.

말 속에서 태어나다

전부 다 똑같은 세상, 전부 다 똑같은 사람을 만들어 온 것은 인간입니다. 그런데 전부 다 똑같으면서도 전부 다 다릅니다. 전부 다 똑같은 속에서, 그렇다면 다른 것은 무엇일까를 생각할 때, 가장 첫 번째 실마리가 되는 것은 인간이 만든 것이면서 또한 동시에 인간을 만든 것, 바로 '말'입니다.

20세기에 유고슬라비아 연방공화국이라는 나라가 있었습니다. 유고슬라비아 연방은 1차 세계대전 후에 생긴 통일국가로, 그때 연방을 구성한 국가 중에 슬로베니아라는 나라가 있었습니다. 아드리아해를 접하고 이탈리아 바로 옆에 있는 나라입니다. 예전에 제가 미국에 있을 때, 슬로베니아 태생의 작가와 알고 지낸 적이 있습니다. 그때의 그는 유고 연방 사람이었지만, 그가 태어났을 때의 유고는 왕국이었습니다. 그리고 2차 세계대전 후에는 사회주의를 표방한 연방 인민공화국이 되었다가, 1992년에 슬로베니아가 연방에서 분리하여 독립하게 된 것입니다. 그런데 그 사람은 슬로베니아가 분리 독립하기 전에, 유고에서 멕시코로 망명 비슷한 형태로 넘어가 어찌어찌 국적을 바꾼 모양이었습니다. 그러니까 지금은 멕시코 시민이 된 셈이지만, 작품을 쓸 때는 영어로 쓰고 있습니다.

그렇다면 이런 사람은 어느 나라 사람이라고 해야 할까요? 분명한 건, 이 사람은 슬로베니아어 안에서 태어났다는 것입니다. 나라가 바뀌고, 국적이 바뀌고, 쓰는 말도 달라졌습니다. 세상에 그런 일을 겪은 사람은 절대 적지 않습니다. 그런 경험이 초래하는 것들을 아울러 생각해 보면, 한 사람의 출신이나 태생은 국가라기보다는, 어떤 말 안에서, 어떤 모어 안에서 태어났는지에 달려 있다고 할 수밖에 없을 것입니다.

예를 들어 '모어(母語)'나 'mother tongue'이라는 말이 나타내고 있는 것은, 인간이 말의 아이라는 것입니다. 말이 인간의 아이가 아니라, 인간이 말의 아이입니다. '모(母)'란 자신이 태어나고 자란 말이라는 것입니다.

일본이라는 나라에서 태어났다고 생각하겠지만, 그게 아니라 일본어라는 말 안에서 태어난 것입니다. 중요한 것은 어느 나라 사람인가가 아니라, 한 사람 한 사람이 어떤 말 안에서 태어나고 어떤 말에 의해서 자라났는가, 하는 것입니다.

말 안에서 태어난다는 것이 무슨 뜻일까요? 신약성서 중 요한복음의 유명한 첫 구절 "태초에 말이 있었다"를 인용하면, 인간보다 먼저 말이 있었다는 것입니다. 인간이 말을 만드는 것이 아닙니다. 말 안에서 태어나고, 말 안에서 자라는 것이 인간인 것입니다.

인간은 뭐든지 만들 수 있다고 생각했습니다. 그리고 전부 다 똑같은 것을 만들어 왔습니다. 하지만 단 하나, 인간이 만들 수 없었던 것이 바로 '말'입니다.

말의 풍요로움과 사회의 풍요로움

인간은 말 안에서 태어나 말에 의해 자란다는 것, 우리 스스로 그것을 곰곰이 생각하지 않으면 인간은 종종 터무니없는 착각을 하게 됩니다. 또 그것을 자각하지 않으면 잘못을 저지르기도 합니다. 물질은 풍족해지고, 삶은 풍요로워졌으며, 생활도 안정되어 지금은 불편함이 거의 사라졌습니다. 그럼에도 불구하고 단 하나, 지금 우리에게 풍요롭지 않은 것이 있습니다. 풍요롭지 않은 것이 무엇일까요? 우리에게 가장 풍요롭지 않은 것은 말입니다. 말이 풍요롭지 않은 것입니다.

말이란 사람에 따라 다른 것이 아니라, 누구에게나 다 똑같은 것입니다. 누구에게나 다 똑같다는 점에서 말은 평등한 것이기는 하지만, 사람과 사람을 다르게 만드는 것도 역시 말입니다. 말을 풍요롭게 할 수 있는 사람과 빈곤하게 만드는 사람, 말은 그렇게 사람을 다르게 만들기 때문입니다.

"말로써 나를 표현하는 것이 중요하다." 누구나 이렇게 생각하고 이렇게 말합니다. 말을 인간이 부리는 하인쯤으로 여긴다면 그렇겠지만, 실제로는 그렇지 않습니다. 중요한 것은, 어떻게 나를 말로써 풍요롭게 할 수 있는가가 아니라, 어떻게 내가 말을 풍요롭게 할 수 있는가, 입니다.

말의 풍요로움이란 여러 가지 표현을 이것저것 갖추고 있다는 말이 아닙니다. 미사여구란 말의 풍요로움을 의미하는 것이 아닙니다. 그런 게 아니라, 오히려 한정된 말 안에 얼마만큼 나 자신을 풍요롭게 담아낼 수 있는가, 그것이 바로 말에서 중요한 것입니다.

말의 풍요로움이란 나 자신이 어떤 사람인지 말할 수 있는 풍요로움입니다. 또한 전부 다 똑같은 속에서, 서로가 어떤 인간인지, 서로가 어떤 식으로 다른지, 적극적으로 말할 수 있는 풍요로움입니다. 일상에 흔히 있는 말을 어떤 식으로 써야 할 것인가. 말은 그것이 전부이기 때문입니다.

말은 말의 사용법에 관한 문제입니다. 어떤 말을 어떻게 써야 할까. 그 말 안에 나 자신을 어떻게 나타낼까. 그렇게 할 수 있는지 없는지, 앞으로는 그것이 우리 사회에서 중요해질 거라고 생각합니다.

말은 말이 전부가 아니다

우리가 말에 대해 생각할 때 자주 하는 오해 중 하나가 외국어에 대한 생각입니다. 우리는 보통 어느 나라를 이해하거나 그 나라 사람과 친해지려면 그 나라 말을 할 수 있어야 한다고 생각하지만, 정말로 그럴까요?

실제로 시민 한 사람 한 사람이 친밀감을 갖게 되는 것은 그런 것 때문이 아니고, 그렇게 될 수도 없습니다. 그 나라의 말을 모르는 곳으로 여행을 떠나는 경우는 오히려 흔한 일이기도 하고, 설령 같은 나라라고 해도 지방마다 쓰는 말이 달라 이해하지 못하는 경우도 당연히 있기 때문입니다.

대부분의 외국어는 배우지 않는 경우가 일반적입니다. 그 나라의 말을 몰라도 덴마크를 여행하고, 그 나라의 말을 몰라도 벨리즈를 여행합니다. 그럴 때, 어느 나라든 어느 지방이든, 딱 하나 공통점이 있습니다. 바로 몸짓입니니다. 상대방이 화가 났는지, 웃고 있는지, 슬퍼하는지, 말하고 싶지 않은지, 기분이 나쁜지, 지겨워하는지, 말뜻은 몰라도 그 자리에 있으면 알 수 있고 전해집니다. 웃는 얼굴은 웃는 얼굴인 것입니다.

말을 모른다고 말을 할 수 없는 것은 아닙니다. 어느 나라 사람이든 화가 났을 때는 화난 듯이 말합니다. '뭐야 이 녀석은!' 하는 생각이 들 때는, 이탈리아에서든 카자흐스탄에서든 "뭐야 이 녀석은!" 하는 말투로 말하겠지요. '아아, 슬프다'라고 생각할 때는, 일본어를 하는 사람도 인도네시아어를 하는 사람도 그런 심정이 말투에 담길 것입니다.

말은 모르지만, 지금 그 사람이 슬퍼하고 있다는 것은 알 수 있습니다. 말이란 그 말이 가지는 의미뿐만 아니라, 그 말이 가지는 몸짓을 나타내고, 그리고 그 몸짓은 원래의 말보다 훨씬 더 큰 공통의 이해를 만들어 냅니다.

자신이 표현하고 싶은 것을 '자신만의 말'로 말합니다. 그렇게 하면 설령 그 말을 모른다고 해도 서로에게 전달될 것은 얼추 전달되고, 또 전달할 수도 있습니다. 뭐든지 다 이해해야 한다는 것은 오히려 피하기 힘든 오해를 종종 불러일으키기 쉬운 법입니다.

외국어를 대할 때, 그 말을 유창하게 할 수 있어야 한다는 것을 기준으로 삼는 것은 잘못된 것입니다. 영어라면 질색하던 사람이 처음으로 미국에 갔다 오더니, 미국에서는 어린아이도 영어를 술술 말한다고 감동이라도 했다는 듯이 말합니다. 일본에서는 영어를 할 수 있다는 것을 마치 재능인 것처럼 여깁니다. 하지만 미국에 가면 아이도 유창하게 영어로 말합니다. 그렇게 말하면, 스페인에 가면 스페인 아이가 스페인어를, 노르웨이에 가면 노르웨이 아이가 노르웨이어를 믿을 수 없을 정도로 유창하게 말하는 것이 됩니다.

그러나 모어는 재능이 아닙니다. 사람은 그 말 안에서 태어나는 것이고, 재능이 있든 없든 어떤 아이도 그 말을 할 수 있게 됩니다.

말이란 습관입니다. 이렇게 말해도 된다면 문화의 습관입니다.

그런데 우리가 커서 다른 나라의 말을 익힐 때는 말을 공부하고 익히고, 공부의 성과로 그 말을 숙달하게 됩니다. 그러다 보니 말이란 원래 그런 것인 줄 알고 착각해 버립니다. 그렇기 때문에 자칫하면 내가 말에 의해 자라났다는 생각을 모어를 대할 때조차 잊어버리는지도 모릅니다. 또한 반대로 외국어를 대할 때는 말이란 공부하는 것이고, 귀찮고 골치 아픈 거라고 생각하게 되는지도 모릅니다.

필요한 말이란 어떤 말일까?

《마이 페어 레이디》라는 영화가 있습니다. 오래전에 나왔지만 지금도 많은 사람이 즐겨 보는 오드리 헵번 주연의 영화입니다. 쾌활한 성격이지만 빈약한 어휘와 거친 표현, 상스러운 말밖에 모르는 젊은 여성이 온갖 노력 끝에 스스로 말을 풍요롭게 만들어 가는 과정을 멋지게 그린 영화입니다. 이 영화의 핵심은 어떤 말을 갖고 있는지가 한 사람의 인간과 인격을 만든다는 것입니다.

말이란 결국 그 사람의 삶의 방식이고 매너입니다. 말을 풍요롭게 한다는 것은 나 자신의 말을 제대로 가질 수 있게 된다는 것입니다. 내 것이 아닌 말에, 유행하는 말이나 남에게서 빌린 말에, 절대로 나를 맡기지 않습니다. 돈이 아무리 많아도 돈으로 살 수 없는 것이 말입니다. 인간이 가진 것 중에, 아기가 말을 배울 때처럼 차근차근 배우지 않으면 얻을 수 없는 것은 오로지 말뿐입니다.

공부를 해야 한다는 말이 아닙니다. 말이라는 것으로 이렇게까지 나 자신을 풍요롭게 만들 수 있다는 것, 그것은 스스로 익힐 수밖에 없습니다. 그런 의미에서 보면 배운다기보다는 익힌다고 말하는 편이 좋을지도 모르겠습니다. 이것만큼은 스스로 익히지 않으면 익힐 수가 없는 것입니다.

'말 같은 건 매일 내가 원하는 대로 원하는 만큼 쓰고 있어. 불편함 같은 건 전혀 없어.' 우리는 그렇게 생각하려고 합니다. '말에 불평등은 없어.' 말은 전부 다 똑같습니다. 어휘도 같고, 억양도 같고, 말투도 같습니다. '더구나 휴대폰 같은 새로운 커뮤니케이션 기기가 나온 후로는, 말을 하면, 또는 말만 하면, 언제 어떤 식으로든 나 자신을 표현할 수 있게 되었어.' 지금은 그런 식으로 느끼고 있습니다.

그런데 그렇게 생각하려고 하지만, 사실은 그렇지 않은 게 아닐까 하고 왠지 불안해집니다. 왜냐하면 나를 표현하는 말에 아무런 불편함을 느끼지 않기 때문에, 어떤 말이 나에게 필요한 것인지, 이제는 아무도 생각하지 않게 되었습니다. 내가 어떤 말을, 어떤 식으로 사용하여, 어떤 것을 말하고 있는지 생각하지 않고 말하는 것이 당연해졌기 때문입니다. 그런데 어쩌다 문득 주변을 둘러보니, 나라는 존재가 어디에도 보이지 않게 된 것입니다.

앞으로는 어떤 말을 얼마만큼 제대로 사용하는지, 또는 얼마만큼 제대로 사용하지 못하는지, 그것이 각자의 다름을 만드는 가장 중요한 것이 될 것입니다. 전체가 우리를 둘러싸고 있다는 것을 내내 깨닫지 못하고 있으면, 문득 정신이 들었을 때는 가난해져 버린 뒤일지도 모릅니다. 가난해진다는 것은 빈곤한 말밖에 갖지 못한 인간이 되어 버린다는 것입니다.

말이 가난한 사람은 가난합니다. 말을 풍요롭게 할 수 있는 사람이 풍요로운 사람임을 잊지 않아야 합니다. 그렇지 않으면 우리는 우리의 머릿속을, 스스로 믿지도 않는 잡동사니 같은 말들로 가득 채워 버릴지도 모르기 때문입니다.

…처럼 아름답다

21세기라는 시대는 예전처럼 나이를 먹으면 먹을수록

완성되어 간다는 생각을 더 이상 기대하기 어려워진다는 문제에 머지않아 부딪히게 될 것입니다. 그렇다면 그런 시대에 새로운 목표가 될 수 있는 것이 무엇일까요?

공부도 직업도 이제는 목표로 여길 만한 매력이 크게 사라진 시대가 되었습니다. 의욕이 없어도 학교에 갈 수 있고, 기술이 없어도 일을 할 수 있습니다. 참 편해 보일 수도 있겠지만, 의욕도 목표도 없습니다. 그래서는 꾸준한 마음을 이어 갈 수 없다는 것을 생각해야 합니다.

무엇보다 먼저 생각할 것은, 21세기라는 시대가 되어도 "태초에 말이 있었다"라는 이 세상의 모습은 하나도 변하지 않았다는 것입니다. 인간은 말 안에서 태어나 말 안에서 자랍니다. 그리고 말의 풍부함을 얻은 사람만이 행운을 얻은 사람이라는 것은 전혀 변하지 않았습니다. 다만, 우리는 그것을 모르는 척하고 있을 뿐입니다.

"태초에 말이 있었다."

요한복음의 첫 구절인 이 문장이 에도시대에 처음 일본에 소개되었을 때는 이렇게 번역되었습니다.

"태초에 현명한 것이 있었다."

개인적으로는 말을 현명한 것이라고 옮긴 옛 번역을 참 좋아하는데, 메이지 유신 이후에 요코하마에서 번역된 것도 좋습니다.

"태초에 길(말)이 있었다."

말이 인간에게 길이라는 것입니다. 저는 그렇게 말이 사람들이 가야 할 길이 되기를 바랍니다. '현명한 것'이든 '길(말)'이든, 그러한 말의 모습을 거듭거듭 다져 나가지 않으면 안 됩니다. 그것이 말의 가장 중요한 역할 중 하나이기 때문입니다.

예를 들어 '…처럼 아름답다'라는 문장이 여기에 있습니다. 여러분은 '…'에 어떤 말을 넣고 싶은가요? 말의 사용법이란 그런 것입니다. 칠레 사람이라면 어떤 말을 써서 '…처럼 아름답다'라고 할까요? 캐나다 사람은 '…'에 어떤 말을 넣을까요? 마찬가지로 우리도 '…'에 넣는 말은 저마다 다를 것입니다.

…처럼 아름답다 이렇게 아주 짧은 말로 표현하기 위해서는 나 자신이 아름답다고 생각하는 것들의 이름을 말할 수 있어야 합니다. 모로코 사람이 말하는 것, 폴란드 사람이 말하는 것, 뉴질랜드 사람이 말하는 것, 어쩌면 전혀 다를 수도 있겠지요. "타마린드처럼 아름답다." "암초처럼 아름답다." "도요새처럼 아름답다." "종유동처럼 아름답다." "시월의 메이플처럼 아름답다." "아침의 계란 프

라이처럼 아름답다." 어떻게 말하든 상관없습니다.

…처럼 아름답다. 단지 그것뿐인 아주 짧은 표현 하나를 생각하려고 할 때, 이렇게 간단한 표현이지만 '…'에 무슨 말을 넣을지, 어떤 말을 쓸지는 한 사람 한 사람의 '자신', 한 사람 한 사람의 '경험'이 그 말 안에 고스란히 드러납니다. 그것이 바로 말입니다. 나 자신이 선택한 말 안에, 사실은 나 자신이 선택을 받는 것입니다. 무엇을 아름답다고 생각하는가, 단지 그것만으로도 그 사람을 가장 잘 이야기해 줄 수 있는 것이 '말'입니다.

말은 기량이다

'기량(器量)'이라는 좋은 말이 있습니다. 보통 '기량이 좋다'라는 식으로 말하는데, '기(器)'는 그릇을 뜻하고 '량(量)'은 크기를 뜻합니다. 다시 말해, 그릇과 그 그릇에 담을 수 있을 만한 크기를 뜻하는 말입니다. 그러니까 '기량이 좋다'라는 말은 겉모양을 말하는 것이 아닙니다. 그릇을 뜻하는 말이니까 인간이라는 그릇, 즉 마음이라는 그릇의 크기를 나타내는 것입니다.

예전에는 사람을 판단할 때 기량이라는 것을 기준으로 삼았습니다. 그런데 이제는 더 이상 그렇게 하지 않습니다. 기량이 아닌 다른 것으로 사람을 재려고 하고, 그러다 보니 사람의 도량이 좁아졌습니다. 기량이라는 기준을 사용하지 않게 되면, 세상은 재미가 없어집니다.

기량은 사람 마음의 크기를 나타내는 것입니다. '기량이 좋은' 사람이란 마음이 큰 사람을 말합니다. 그런 마음의 크기, 또는 마음의 용적을 키워 갈 수 있는 말이 내 안에 얼마만큼 축적되어 있을까, 그것이 다가올 시대의 기준이 되지 않으면 우리 시대의 말은 점점 더 빈곤해질 것입니다. 말에 기량을 되찾는 것이 앞으로는 훨씬 더 중요해질 것이라고 저는 생각합니다.

21세기라는 시대가 갈림길에 서 있다는 말은, 다시 말해 20세기가 만들어 낸, 전부 다 똑같은 문화가 갈림길에 서 있다는 것입니다. 우리가 얻은 것은 전부 다 똑같은 세상이었습니다. 하지만 앞으로는 전부 다 똑같은 사회 안에서, 나만의 가치, 나라고 하는 독자성을 찾을 수 있는지가 중요합니다. 그리고 그것은 어떤 말을 어떻게 써서, 스스로 나를 나로 만들어 갈 수 있는지, 또는 나라는 것이 그 말에 의해서 어떻게 표현될 것인지와 깊은 관계를 가지게 될 것입니다.

무엇을 바라보든 상관없습니다. 다만 무엇을 바라보든, 먼저 그곳에 있는 말에 마음을 기울입니다. 거기서부터 말에 대한 감수성을 갈고닦기를 게을리하지 않는다면, 눈앞에 있는 상황은 틀림없이 전혀 다르게 보일 것입니다. 그런 경험이 쌓이면서, 말과 사귀는 법, 말과 관계하는 법을 통해 인간의 기량은 천천히 그 형태를 만들어 가는 것이라고 생각합니다.

말은 말의 의미만이 전부는 아니기에, 화가 났을 때는 화가 난 것처럼 말합니다. 슬플 때는 슬프게 말합니다. 그 때 말이 전달하는 것은 말이 나타내는 의미가 아니라, 언외(言外)의 의미입니다. 의미라는 것은, 말에 의해서 나타나는 마음의 방향입니다. 그리고 말이라는 것은, 내가 쓰는 말이 어떠한 나를 나타내고 있는가, 입니다.

설령 모두가 다 똑같은 머플러를 갖고 있다고 해도, 내가 나라는 것을 나타내는 것은 내가 그 머플러를 어떻게 매는지에 달려 있습니다. 어떤 머플러를 갖고 있는지는 중요하지 않습니다. 중요한 것은 그 머플러를 어떻게 맬 것인가, 라는 것입니다.

말도 마찬가지입니다. 누구나 다 똑같이 갖고 있는 말

을 다른 무엇과도 바꿀 수 없는, 나 자신만의 말로 만들어 갈 수 있는 것은 오로지 하나입니다. 내가 나의 말을 어떻게 만들어 갈 것인가, 다시 말해 말을 대하는 태도, 그것 하나뿐입니다.

"한 사람 한 사람의 '자신', 한 사람 한 사람의 '경험'이 그 말 안에 고스란히 드러납니다. 그것이 바로 말입니다. 무엇을 아름답다고 생각하는가, 단지 그것만으로도 그 사람을 가장 잘 이야기해 줄 수 있는 것이 '말'입니다."

4장
어린이책의 힘

어린이책이라는 책

책은 우리의 일상에서 독특한 모습을 하고 있습니다.

기껏해야 책인데도, 사람이 하루하루를 보내는 모습을 일상 속의 책만큼 있는 그대로 보여 주는 것은 없습니다. 책을 어떻게 구할까. 어디서 읽을까, 또는 읽지 않을까. 다 읽은 책 또는 아직 읽지 않은 책은 어떻게 할까. 책 같은 건 한 권도 없다. 그런 경우에도, 책이 없는 일상의 모습을 잘 보여 주는 것은 그곳에 없는 책입니다.

그런 일상 속에 있는 책을 생각할 때, 신기한 것은 어린이책이라는 책입니다. 어린이책은 어쩐지 우리 각자의 의식 속에서 다른 어떤 책과도 전혀 다른 책이라는 느낌이 들고, 실제로 일상 속에서 어린이책이 차지하는 위치는 다른 어떤 책과도 다릅니다.

어린이책이 다른 어떤 책과도 다르다는 것은 어린이책은 아이들의 책인 동시에 어른들의 책이기도 하기 때문입니다.

어린이책이라고는 하지만, 아이들이 읽어야 할 책 또는 어릴 적에 읽었던 그리운 책이 어린이책의 전부는 아닙니다. 사실 조금만 생각해 봐도, 어릴 때 읽은 어린이책과 어른이 되고 나서 읽은 어린이책 중 어느 쪽이 더 많으냐고 묻는다면, 제 경우는 어른이 되고 나서 읽은 책이 더 많고, 친밀감이 드는 책도 제가 어릴 때는 아직 세상에 나오지도 않았던 책이 훨씬 많습니다.

제가 어릴 때는 전쟁이 막 끝났을 무렵으로, 어린이책이란 것이 없었던 시대였습니다. 20세기를 대표하는 걸작 《반지의 제왕》은 아직 세상에 나오기도 전이었습니다. 당연히 《반지의 제왕》 같은 책은 어른이 되고 나서야 읽었습니다. 누구나 어린이책과 친해지면 바로 느끼겠지만, 앞으로 어린이책의 표준이 될 것 같은 책은 내가 어릴 때는 아직 세상에 나오지도 않았던 책이라는 것입니다.

그렇기 때문에 어린이책은 어릴 때 읽는 책이 전부가 아닙니다. 어른이 되었으니까 어린이책은 읽지 않겠다고 한다면, 그 책과 친해질 일이 없어지는 책이기도 합니다. 만약 그렇다면, 대부분의 어린이책은 그 책이 나왔을 때 그때 마침 아이였던 어린이만을 위한 책이 되고 마는 셈입니다.

어린이책을 읽는다는 것

어린이책은 어릴 때 읽는 책이다. 어린이책을 이렇게밖에 생각하지 않는다면, 어린이책이 가진 실제 모습, 다시 말해 책을 읽는 사람에게 '적극적으로 다가오는 힘'을 놓치게 될 뿐만 아니라, 아이들의 세계에 활발한 관심을 갖지 않는 어른이 되어 버린 자신을 깨닫게 됩니다.

그런데 도대체 언제부터 어린이책은 어린이만을 위한 책이라고 생각하게 되었을까요? 또 어째서 어른들은 어린이책을 읽지 않게 되었을까요? 그렇다면 도대체 어른이란 어떤 사람이고, 어떤 존재일까요?

사실, 어른에게 어린이책만큼 까다로운 책은 없습니다. 어떻게 읽어야 할까? 언제 읽는 게 좋을까? 부모의 눈으로 읽어야 할까? 나 자신을 위해서 읽어야 할까? 지금 여기에 어린이책이 있다고 하면, 그건 누구의 책일까? 그 책을 어른이 읽는다고 하면, 그것은 내 책이라고 생각하며 읽는 걸까? 아니면 아이의 책이라고 생각하며 읽는 걸까? 어른이 어른의 책을 읽을 때와 아이의 책을 읽을 때, 독서가 갖는 의미는 달라질까?

제가 어릴 때는 문제는 오히려 그 반대였습니다. 어린이

책이란 것이 없었던 시대였던 만큼, 아이였던 내가 손에 잡히는 대로 읽은 것이라고는 대부분 어른들이 읽는 책이었습니다. 오히려 나이가 들면서 어린이책을 스스로 찾아 읽게 되었지만, 어른이 되고 나서 읽은 어린이책이 제게 가르쳐 준 것은 어린이책은 사실 어른들이 읽어야 한다는 것이었습니다.

그런데 현실은 어른들에게 어린이책 이야기를 해서 통하는 경우가 거의 없습니다. 어른들은 어린이책 같은 것은 읽지도 않기 때문입니다. 아이들이 책을 읽지 않게 되었다고 종종 말하지만, 어린이책을 두고 말한다면 어른들이 책을 읽지 않고 있는 것입니다.

이렇게 말하는 편이 좋을지도 모르겠습니다. 대부분의 어른들은 자신이 어릴 때 알던 어린이책밖에 알지 못하고, 어른이 되고 나서는 어린이책을 손에 쥐려고도 하지 않기 때문에, 어린이책이라는 세계가 완전히 미지의 세계가 되고 마는 것입니다. 나니아 나라 이야기라는 책을 읽지 않은 어른이 훨씬 많은 것이 이상한 일이 아닙니다.

그런데 어린이책은 정말로 어릴 때 읽어야 하는 것이 옳을까, 하는 생각이 듭니다. 어른이 된 후에 읽어야 할 어린이책이 사실은 훨씬 더 많은 게 아닐까? 어린이책이란 어릴 적에 읽었던 그리운 책만은 아닙니다. 오히려 어른이 되면서 우리가 어느 사이엔가 잃어버린 호기심이나 희망 같은 것을 거기서 찾을 수 있는, 또는 확인할 수 있는 계기가 되는 책으로 다시 받아들여야 한다고 생각합니다.

책은 나이로 읽는 것이 아니다

우리가 어른이라고 부르고 또는 아이라고 부를 때, 그렇게 부르는 말의 전제가 되는 것은 나이입니다.

아이는 작고 나이가 어립니다. 그리고 점점 나이를 먹어가면서 아이는 어른이 되어 갑니다. 그렇기 때문에 어린이 책이라고 하면 나이를 전제로 하여 이름 붙여진 책이라고 생각하게 마련입니다. 하지만 그렇다면 책이 가진 본래의 매력을 알 수 있는 기회를 오히려 빼앗아 버리는 게 아닐까 하는 불안한 마음이 듭니다. 책을 읽는 사람을 나이에 따라 미리 정한다는 것은 독서의 숨겨진 힘을 오히려 약하게 만들어 버리기 때문입니다.

나이에 따라 읽어야 할 책을 정하려고 하면, 아이일 때는 이런 책, 10대에는 이런 책, 사회에 나가서는 이런 책,

이렇게 아무래도 유형적인 사고방식에 치우치게 마련입니다.

책을 읽는다는 것이 새로운 것을 보고 느끼고 생각하는 법을 발견하도록 이끌지 못한다면, 독서는 그저 정보수집에 지나지 않게 됩니다. 우리 각자의 마음속에 지워지지 않고 남아 있는 무언가를 불러오는 것, 그런 독서의 '필요'를 잃어버리게 됩니다.

《피터 팬》은 아이들만을 위한 진실을 이야기하고 있는 것이 아닙니다.《까마귀의 북두칠성》도 아이들만을 위한 진실을 이야기하고 있는 것이 아닙니다. 알고는 있다. 하지만 읽은 적은 없다. 그래서 왠지 소중한 무언가를 떨어뜨리고 왔는지도 모르겠다. 아마도 누구나 이런 느낌이 드는 어린이책이 있을 것입니다.

'어릴 때 아이들이 읽는 책이 어린이책은 아니다.' 우리는 마음속 어딘가에서 어린이책에 대해 이렇게 느끼고 있습니다.

다시 말해, '책을 나이에 맞춰서 생각하고 싶지 않다'라는 것입니다. 아이에게는 이런 책, 어른에게는 이런 책, 노인에게는 이런 책, 이런 식으로 벽을 세우는 듯한 생각은 책의 세계를 아주 좁고 작게 만들어 버립니다. 특히 그런 식의 벽을 세우는 듯한 독서를 계속하게 되면 중요한 것을 잃어버리기 쉬운 것이 어린이책일 것입니다.

그렇게 닫힌 방법으로 책을 읽는 것이 아니라, 무엇을 읽든 마음을 자유롭게 하기 위해서 읽습니다. 그리고 책이라는 것을 서로를 멀리하는 것이 아니라, 서로가 만날 수 있는 '기억을 담은 노트'가 될 수 있는 것으로 넓게 생각하고 싶습니다.

예를 들면, 《낙엽 도감》이라는 무척 흥미로운 책이 있습니다. 요즘은 거리에 가로수가 많이 줄었지만, 그래도 아직 길 위에 낙엽이 많이 떨어져 있습니다. 낙엽은 누구나 주울 수 있습니다. 낙엽을 한 장 주워서 그 잎을 떨어뜨린 나무가 무슨 나무인지 알고 싶으면, 검은색 펜으로 실물 크기의 낙엽이 세밀하게 그려져 있는 그 도감에서 찾아볼 수 있습니다. 그저 그것이 전부인 책이지만, 낙엽 그림을 찾아보면서 왠지 모르게 즐거워집니다. 저는 낙엽의 계절이 다가오면, 그 도감을 손에 들고 가끔 밖으로 나가곤 합니다.

그렇다면 이 도감은 어린이를 위한 책일까요? 부모를 위한 책일까요? 아니면 한가한 사람을 위한 책일까요? 누구를 위한 책인가, 그런 건 아무 상관이 없습니다. 낙엽을 줍는 사람이라면 누구든 상관이 없습니다. 낙엽을 주워 찬찬히 살펴보면서 이 잎은 무슨 나무의 잎일까, 하고 생각하는 사람을 위한 도감이기 때문에, 이것이 누구를 위한 책인지 생각하는 것은 쓸데없는 일입니다. 무척이나 독특한 이 도감은 낙엽 한 장 한 장에 그 나무의 비밀이 드러나 있다는 것을 가르쳐 줍니다. 이런 책의 형태가 일깨워 주는 것은 나이에 의해 한정되지 않는 독서의 즐거움입니다. 그리고 그런 즐거움이야말로 오늘날 독서 본연의 모습에 더 요구되어져야 합니다.

'어린이'라는 뿌리 깊은 이미지

어린이책에 대해 이야기할 때 가장 자주 입에 오르내리는 것이라면 책 읽기를 좋아하는가 싫어하는가에 대한 것이라고 생각하기 쉽습니다. 하지만 그보다 더 근본적인 문제는 사람들이 어느 정도의 나이가 지나면 어린이책을 전혀 읽지 않게 된다는 것입니다.

요즘 아이들은 책을 읽지 않는다고 어른들이 큰소리로 말합니다. 그런 말을 하는 사람들은 하나같이 책을 읽지 않게 된 어른들인데, 처음에는 설교조로 시작하다가 얼마쯤 지나면 걱정스럽다는 듯이 하소연합니다. 하지만 문제는 아이들이 책을 읽지 않는 것만이 아니라, 어른들이 어린이책을 읽지 않는 것에도 있습니다.

우리 사회의 어린이책에 대한 일반적인 이미지에 대해 지금의 어른들은 어떻게 생각하고 있을까요? 지금도 어른들 마음속에는 어린이책이라면 여전히 동화나 옛날이야기 같은 이미지만 남아 있어서 그런지, 가끔 TV 등에서 어린이용의 영상물을 보면 너무나 틀에 박혀 있는 것에 깜짝 놀랄 때가 많습니다.

어린이책에 대해 이야기할 때 어려운 점은 어린이책의 세계를 모르는 어른들이 많다는 것입니다. 《이상한 나라의 앨리스》에 나오는 '양철나무꾼'을 몰라도, 《나니아 나라 이야기》를 몰라도, 그림책 작가 모리스 샌닥을 몰라도, 어른들은 전혀 개의치 않습니다. 어쩌면 어른이란 이제 어린이책을 읽을 필요가 없어진 사람이기라도 하다는 듯이 행동할 때조차 있습니다. 그건 잘못된 것입니다. 오히려 지금, 어른들이 적극적으로 읽는 게 좋은 책은 마땅히 어린이책이어야 합니다. 왜냐하면 어린이책에는, 지금 어른들이 자신의 안에서 잃어 가고 있는 말이 담겨 있기 때문입니다.

어린이책이란 어린이를 위한 책이 아닙니다. 어린이책은 어른이 되어 가기 위해 필요한 책이라고 생각합니다. 그런 어린이책의 가장 바람직한 독자가 있다면, 그것은 바로 어른들입니다. 어른들은 어린이책을 읽음으로써, 이제까지 깨닫지 못했지만 지금 뒤돌아보며 아이에게 전해 주고 싶은 것이 무엇인지, 굳이 그런 의식이 없다 하더라도, 분명 자신의 안에서 스스로 확인하게 되기 때문입니다.

특히 나이가 들면서 어린이책의 생기 넘치는 세계와 가까워질 수 있게 된다면 얼마나 근사할까 하고 생각합니다. 나이를 먹으면 노안이 됩니다. 노안에 좋은 것은 큰 글자입니다. 그만큼 어린이책은 노인들과 가장 가까이에 있는 것이 당연하고, 아이들에게 전해 줄 이야기를 이해하는 힘을 누구보다도 잘 갖추고 있는 것은 노인들입니다.

하지만 안타깝게도 지금 아이들 주변에 있는 사람은 요즘 아이들은 책을 읽지 않는다고 하면서 자신들도 그다지 책을 읽으려고 하지 않는 어른들입니다.

아이들은 지금 일상에서 책을 읽는 어른들의 모습을 얼마나 보고 있을까요? 거의 보지 못한다. 또는 보고 싶어도 볼 수 없다. 이것이 주위를 둘러보면서 아이들이 정말로 느끼고 있는 게 아닐까요?

책은 마음속의 보금자리

어른들은 책에 '어린이'라는 이름이 붙어 있다는 이유만으로 아무런 망설임도 없이 어린이책은 자신이 읽을 책으로 꼽지 않습니다. 하지만 나이에 구애받지 않고, 또는 '어린이'라는 말에 얽매이지 않고 어린이책의 세계를 생각해 보면, 어린이란 무엇일까, 어린이책이란 무엇일까, 라는 생각에 오히려 빠지게 됩니다. 어른에게 어린이책이란 마음속의 보금자리이고, 그곳에 또 한 사람의 나 자신이 존재하는 장소이기 때문입니다.

패트리샤 매클라클렌이라는 미국의 동화 작가가 쓴《키가 크고 수수한 새라 아줌마》와《종달새》라는 책이 있습니다. 어린이책으로 나온 이야기지만, 나중에 미국에서 TV 영화로도 만들어졌고, 일본에서도《바닷바람의 새라》라는 제목으로 일반 방송 시간대에 방영되었던 것으로 기억에 남아 있습니다. 참 좋은 영화였지만 '어린이 영화'는 아니었습니다. 그런데 같은 이야기인데도 어째서 책은 '어린이책'이라고 부를까요?

루이자 메이 올콧의 《작은 아씨들》은 어떨까요? 꽤 오래전인 1868년에 나와서 지금까지 사랑받고 있는 이 책은 스테디셀러로 쭉 읽히고 있을 뿐 아니라, 할리우드에서도 여러 번 영화화되어 영화로도 오랜 인기를 끌고 있는데, 그럼 이건 '어린이'의 이야기일까요? 책이든 영화든 《작은 아씨들》이 인기 있는 이유는 'Little Women'이라는 원제가 말해 주듯이, '작은 어른'을 주제로 한 아이의 이야기이면서 또한 어른의 이야기이기도 하기 때문입니다.

커뮤니케이션 회로가 사회적으로 대단히 풍부하고 복잡해지고 있고, 또 지금까지의 가족과 교육의 모습이 완전히 흐트러지고 있는 지금 이때, 문제는 어린이책이라는 개념을 지키고 있는 것이 무엇인가, 라는 것입니다. 아이들에게 어린이책이란 무엇인가, 라는 것뿐만이 아니라, 어른들에게 어린이책이란 무엇인가, 라는 것입니다.

지금과 같은 시대에도 여전히 어른들은 아이들에게 책의 미래, 혹은 독서의 미래를 보여 줄 수 있을까요? 지금 우리는 어린이책이 가지는 적극적인 의미를 곰곰이 생각하지 않으면 안 되는 곳에 와 있습니다. 개탄하는 것이 아닙니다. 지금 어른들이 해야 하는 것은 아무것도 모르는 어린이책의 세계 속으로, 먼저 스스로 뛰어드는 것입니다. 구멍 속으로 뛰어든 토끼의 뒤를 따라간 앨리스처럼 말입니다.

어린이책에 없어서는 안 되는 세 가지

어린이책에 반드시 있어야 하는 것이라면 무엇일까요? 어린이책이라는 말을 들을 때, 누구나 느끼고 생각하고 떠올리는 것이 있다면 무엇일까요? 그 책이 좋은 책인지 좋지 않은 책인지, 재미있는 책인지 따분한 책인지, 그런 식의 구분이 아니라, 어린이책을 언제나 어린이책답게 지켜 온 것은 어린이책에 없어서는 안 되는 세 가지라고 저는 생각합니다.

그 세 가지가 책 속에 있다는 것이 어른인 제가 어린이책에 끌리는 이유이기도 한데, 장편이든 단편이든, 주제나 방법이 무엇이 됐든, 어린이책을 만들어 온 없어서는 안 되는 것은 다음의 세 가지입니다.

첫째는 '오래되고 나이가 든 것'입니다. 즉, 예스럽고 나이를 먹은 사람, 또는 오래되고 세월을 겪어 온 것입니다.

둘째는 '작은 것'입니다. 어린 것이라고 해도 괜찮은데, 어린 생물 또는 어린 사람, 작은 식물 또는 작은 장난감이나 도구 같은 것입니다.

셋째는 '소중한 것'입니다. 스스로 살아가는 이에게, 또는 더불어 살아가는 이에게, 그리고 우리의 하루하루에 무엇이 소중한지를 말해 주는 것입니다.

이 세 가지가 어린이책의 세계를 만들고 있습니다. 어떤 이야기든 우리가 읽은 적이 있는 어린이책을 떠올려 보면, 반드시 이 세 가지가 이야기의 삼원색을 이루고 있을 것입니다.

'오래되고 나이가 든 것.' 이것은 사람뿐만 아니라, 큰 나무나 지구처럼 오래되고 나이를 먹은 것을 말하기도 합니다. '작은 것, 어린 것.' 이것은 단지 어리다는 것만이 아니라, 모양이 작은 것이기도 합니다. 예를 들면, 거미처럼 작은 것, 먼지처럼 작은 것, 또는 미생물처럼 아주 작은 것일 수도 있습니다. 마지막으로 '소중한 것'은 이 세상에서 소중한 것이 무엇인지 말해 줄 수 있는 것입니다.

어린이책을 읽는다는 것은 이야기에 없어서는 안 되는 이 세 가지에 작가나 화자가 어떤 생각을 담고 있는지, 어떤 방식으로 부딪히고 있는지, 그 현장 속으로 뛰어 들어

가는 것입니다.

아무리 새로운 글을 쓴다고 해도, 이 세 가지 원칙을 소중히 지켜 온 것이 어린이책의 세계를 만들어 왔고, 또한 어린이책이라는 개념을 세워 왔습니다. 이것은 이를테면 어른들 책의 세계에서 말하는 중요한 것과는 다릅니다. 어른들 책의 세계에서 중요한 것은 자아이고, 에고입니다. 모든 것이 거기서부터 시작되는 것입니다.

소중한 것이 무엇인지 묻는 힘

하지만 어린이책에서 그것은 중요하지 않습니다. 제 생각에는 그런 것과 다른 것이 본질적으로 중요한 것입니다.

예를 들어, 《반지의 제왕》 같은 웅장한 이야기 속 세계에서도 주인공은 작고 어린 사람입니다. 그리고 이야기의 가장 중요한 존재가 되는 것은 대마법사부터 숲의 요정에 이르기까지 모두 다 오래되거나 나이가 든 것입니다. 또한 파란만장한 이야기를 끝까지 이끌어 가는 힘은 소중한 것이 무엇인지 찾아가는 힘입니다.

예를 들어 로빈슨 크루소 이야기처럼 처음에는 어른의 이야기였지만 어느새 어린이책의 세계로 들어오게 되는 경우도 예전에는 종종 있었습니다. 지금도 그런 예가 없는 건 아니지만, 오히려 지금은 어른들의 이야기와 어린이책 사이에 벽이 생기면서 그만큼 독자의 자유도 줄어들게 되었습니다. 그것은 결코 바람직한 것이 아닙니다.

어른들의 책도 어린이책이 될 수 있고, 어린이책 역시 어른들의 책이 될 수 있습니다. 그런 삼투압이 특히 20세기 이후로 어른들의 이야기 세계에서 사라지게 된 것은, 어린이책의 세계를 풍요롭게 해 온 이 세 가지가 어느 사이엔가 어른들의 이야기에서 사라지고 나서가 아닐까 하고 저는 생각합니다.

어른들이 어린이책을 스스로 읽지 않는다면, 어른들은 그 중요한 세 가지를 다시 떠올릴 수 있는 기회를 좀처럼 얻을 수 없겠지요. 그래서 그런지 어른이 어린이책에서 중요한 존재가 되는 경우도 거의 볼 수 없습니다.

오늘날의 어른들이 어른이 되면 어린이책을 읽지 않게 되었다는 것, 그것은 오늘날의 어른들은 어린이책이 소중히 여기는 그 세 가지의 말을 읽지 않거나 또는 소홀히 하고 있는 것이 아닌가 하고 뒤돌아보게 합니다.

오래되고 나이 든 것이 지키고 있는 소중함. 작고 어린 것이 지키고 있는 소중함. 그런 소중함이 그래서 오늘날의 어른들에게서 사라져 버린 게 아닌가 하는 것입니다.

어린이책은 그 자체가 하나의 책

지금까지 어린이책이란 나이와 학년에 따라 단계적으로 구분하여, 어른용 책으로 가기 위한 입문서 같은 것, 책과 친해지기 위한 과정에서 읽는 책으로 여겨져 왔습니다. 그러나 어린이책에 대해 말하려면, 어린이책이라는 책 그 자체를 하나의 책으로 생각해야 합니다.

어린이책은 어른들 책의 세계로 가기 전 단계에 있는 것이 아니라, 어른들 책의 세계를 마주하고 있는 또 하나의 책의 세계로, 그 자체가 자립된 하나의 세계를 가진 책입니다.

'말'에 대해 이야기할 때, 나이와 단계를 중요한 기준으로 삼는 사고방식은 잘못된 것입니다. 그런 방식이 얼마나 말의 모습을 비뚤어지게 할까요? 이 글자는 몇 살에 익혀야 한다, 저 글자는 몇 살에 배워야 한다는 식으로 말을 정해 버린다는 것은, 거꾸로 말하면, 모르는 말에 대한 신선한 호기심을 빼앗아 버릴 위험이 있는 것입니다.

뭐든지 단계적인 것을 전제로 생각한다는 것은 뭐든지 제한적으로만 받아들인다는 것입니다. 그런 식의 제한적인 사고방식을 처음부터 당연시하게 되면, 어린이책을 대할 때도 아이다움을 가장 중요시하려는 생각에 지배되기 쉽습니다.

어린이책을 가장 상처 입히기 쉬운 것은 무엇보다도 아이다움을 중요시하는, 어른들의 아이들에 대한 선입견이라고 생각합니다. 아이다움이란 어른들이 아이들에게 바라는 조건입니다. 하지만 아이가 스스로에게 바라는 것은 아이다움이 아닙니다. 아이가 스스로에게 바라는 것은, 자신에게 힘을 주는 것, 하지만 어른들은 이제 그런 건 더 이상 필요 없다고 생각하고 있는 것입니다. 이런 말로 표현해도 된다면, '아이들의 이상주의'인 것입니다.

일단 읽기부터 시작한다

어린이책에 대한 생각을 바꾸고 싶습니다.

어린이책이라는 개념을 이루고 있는 것이 무엇인지 깊이 생각하고, 어린이책이 '아이들만이 읽는 책'이라는 사고방식에 얽매인 지금까지의 선입견을 무너뜨리는 것입니다. 그렇게 해서 어린이책의 세계를, 아이와 어른이 함께 그곳에 있는 상상력의 장소로 만들어 가야 합니다. 그러지 않으면 아이들의 세계도, 어른들의 세계도, 소중한 무언가를 잃어버리게 되는 게 아닐까 걱정스럽습니다.

내용을 선입견으로 정해 버립니다. 정해 버리고 대하기 때문에 본질을 놓쳐 버립니다. 또는 본질이 어디론가 휘익 날아가 버립니다. 결국 본질과는 상관없는 착각과 걱정이 남게 됩니다. 하지만 분명히 말할 수 있는 것은 아이들이 책을 읽지 않는다고 말하는 사람일수록 어린이책 같은 건 거의 읽지 않는다는 것입니다.

물론 어른들이 어린이책을 접하기가 그리 쉽지는 않습니다. 도서관을 예로 들어 볼까요? 지역 도서관 같은 경우, 어린이책은 주로 어린이 자료실이나 유아 자료실에서만 볼 수 있도록 제한되어 있고, 어른 혼자서는 들어가지 못하는 곳도 있습니다. 실제로 어른 혼자서 어린이책만 있는 곳에서 두리번거리면 수상해 보이기도 하겠지요. 어른 혼자서 도서관의 어린이 자료실 안을 어슬렁어슬렁 돌아다니는 경우도 별로 없습니다. 우리의 일상 속에는 그런 풍습도 없고, 그런 모습에 대한 이해도 없기 때문입니다.

그렇다면 어른들이 어린이책을 읽으려면 어디서 어떤 식으로 읽으면 좋을까요? 그것도 옛날에 읽었던 어린이책이 아니라, 지금 현재 나와 있는 어린이책을 읽으려면 어떻게 하면 좋을까요? 제 경우는 어린이책을 파는 서점에 가는 것이 가장 좋습니다. 하지만 어떤 책이 좋을까 막상 고르려고 하면, 쉬운 것 같으면서도 어렵습니다.

그런데 어려운 것 같아도 사실은 아주 간단합니다. 이건 읽어 봐도 좋겠네, 하는 생각이 드는 책을 먼저 삽니다. 그리고 일단 읽습니다. 재미있는 책도 있고, 따분한 책도 있습니다. 어떤 책이든 결국은 마찬가지입니다. 좋은 책을 읽어야 하는데…, 처음부터 그런 생각으로 책을 대하면 소심해집니다. 좋은 책인지 어떤지는 스스로 직접 읽고 결정합니다. 다시 말해, 독서의 철칙은 오로지 하나입니다. 처음부터 좋은 책이란 없다는 것입니다. 여러 번 읽다 보면 몇 번쯤 들어맞는 법입니다.

다만, 어린이책을 읽는 장소는 조금 골칫거리이겠지요. 지하철에서 읽어 볼까 하니, 지하철에서 어린이책에 푹 빠져 읽고 있는 어른은 거의 볼 수 없습니다. 카페에도 서류를 읽는 사람이나 만화책에 빠진 사람은 있어도 어린이책을 읽는 사람은 보이지 않습니다. 그렇다면 집에서, 자기 방에서, 자세를 바로잡고 읽는 건 어떨까요? 그런데 어린이책이 자세를 바로잡고 읽어야 하는 책일까요? 그렇지는 않습니다. 이렇게 그림책 한 권이라고 해도 어린이책과 사귀려면 어른인 나 스스로 그 방법을 찾아가야 하는 것입니다.

어린이책과 사귀기

어린이책과 사귄다는 것은 어른이 아이 흉내를 내며 아이처럼 행동한다는 것도 아니고, 아이가 어른 흉내를 내며 어른스럽게 행동한다는 것도 아닙니다. 어린이책은 나이가 어린 사람을 위한 책도 아니고, 나이를 먹고 싶지 않은 사람을 위한 책도 아닙니다. 중요한 것은, 어린이책이란 그 본질이 어린이책이라는 것입니다. 어린이책과 사귄다는 것은 어린이책을 어린이책답게 만드는 본질을 느끼고 이해하는 경험을 하는 것이라고 생각합니다.

근대 사회는 '분류'라는 것을 독서에도 즐겨 사용해 왔습니다. 어린이책은 이렇다는 둥 뭐는 저렇다는 둥, 책을 일종의 성장 신화 같은 것으로 생각해 나이와 단계 등 갖가지 방식으로 분류해 왔지만, 분류로 인해서 책의 본질을 놓쳐 버리는 방식은 이제 그만 끝내고 싶고, 또 끝내야 한다고 생각합니다.

이 책을 아이가 읽으면 재미있어할까? 아이에게 도움이 될까? 그런 식의 어른들 눈높이에 맞춰 어린이책을 대하는 것이 아니라, 무엇보다 먼저 내가 이 책을 읽고 재미를 느낄까, 라는 새로운 관점으로 어린이책과 사귀는 것이 앞으로는 훨씬 더 중요해지지 않을까요?

책을 읽는다는 건 참 근사한 것이구나, 그런 생각이 드는 책과 사귀는 자세를 일상에서 늘 유지하는 것. 그것이 책을 읽는 사람에게 책이 바라는 것입니다. 책은 그냥 읽으면 되는 것이 아닙니다. 책은 잘 읽지 않으면 거짓말처럼 아무것도 남지 않습니다. 책을 잘 읽는다는 것은 읽어서 좋았다고, 스스로 자신에게 말할 수 있는 경험을 하는 것입니다.

"지금, 어른들이 적극적으로 읽는 게 좋은 책은 마땅히 어린이책이어야 합니다. 왜냐하면 어린이책에는, 지금 어른들이 자신의 안에서 잃어 가고 있는 말이 담겨 있기 때문입니다."

5장
공통의 소중한 기억

정보량은 늘었지만

라디오를 듣거나 TV를 봅니다. AM이든 FM이든, BS 위성 방송이든 CS 위성 방송이든, 모든 프로그램은 방송국마다 보통 시간대별로 편성되어 있습니다. 음악의 경우라면, 클래식 프로그램이 있고, 그것이 끝나면 국내 음악이 나오고, 그다음에는 젊은 세대를 위한 팝 음악이 나왔다가, 옛날 세대를 위한 흘러간 가요곡이 나오는 식으로 시간대별로 각각 다른 청취자들을 위한 음악으로 바뀌어 갑니다.

그런 식의 시간 구분법은 라디오도 TV도 어느 방송국이든 거의 비슷합니다. 말하자면 몇몇 방송국이 같은 시간대에 비슷한 프로그램을 비슷하게 짜 넣고 있는 것입니다. 하지만 방송국이 하나하나 다르듯, 이제는 시간대가 아니라 각 방송국에 따라 프로그램이 달라져야만 합니다. 지금처럼 시간대에 맞춰 프로그램을 짜는 방식으로는 TV 채널과 라디오 방송국이 아무리 늘어난다고 해도, 어떤 기술혁신이 이루어진다고 해도, 하루를 24시간 이상으로 만들 수 없는 한 아무리 발버둥친다 한들 똑같은 시간대를 빼고 뺏기는 빈곤한 결과밖에 나올 수 없다는 것은 분명합니다.

정보는 역설적인 본질을 가지고 있습니다. 정보가 늘어나면 늘어날수록, 정보는 증대하는 것이 아니라 오히려 한정되어 있는 것처럼 느껴지고, 내가 가진 시간은 풍부해지기는커녕 거꾸로 점점 줄어드는 듯한 역설적인 결과를 종종 초래하기 때문입니다.

사람에게 주어진 하루라는 시간의 양은 변함이 없는데 정보만 비약적으로 늘어나면, 어쩔 도리 없이 줄어드는 쪽은 시간입니다. 채워지면 채워질수록 다른 아무것도 넣을 수 없게 되고 여유가 없어지는 것이 하루라는 시간입니다.

그런 의미에서 보면 정보란 시간을 점유한다는 것입니다. 정보는 '나'의 경험을 충족시켜 주는 것도 아니고, '나'의 시간을 채워 주는 것도 아닙니다.

다양한 정보가 우리의 시간을 점유하려고 서로 경쟁하고 싸우는 것이 오늘날 우리를 둘러싼 하루라는 시간이고, 그렇게 여유 없이 빡빡한 시간 속에서 더더욱 찾기 어려워진 것이 독서의 시간입니다.

음악이나 영상은 듣지 않아도, 보지 않아도, 다시 말해 아무것도 하지 않아도 제멋대로 시간이 흘러갑니다. 하지만 책의 시간은 스스로 읽지 않으면 흘러가 주지 않습니다. 음악은 내내 틀어 놓아도, TV는 내내 켜 놓아도, 나와는 상관없이 끝날 때가 되면 끝이 납니다. 그러나 책은 아무리 내내 펼쳐 놓는다 한들, 언제까지나 펼쳐진 그대로 나아가지도 끝나지도 않습니다. 책은 읽지 않으면 안 됩니다. 그런데 책을 읽는 데에 없어서는 안 되는 것은 시간입니다.

독서는 자신의 시간 사용법

이렇듯 책이란 스스로 자신의 시간을 제대로 쓰지 못하면 제 역할을 다하지 못하는 매체입니다. 12페이지를 펼쳐 읽다가 잠시 멈추고 어디에 갔다 왔다고 해서 92페이지까지 나아가는 일은 절대 없습니다. 스스로 100페이지까지 읽지 않으면 절대로 100페이지까지 나아가지 않습니다.

그렇기 때문에 책과 제대로 마주하려면, 결국 자신의 시간 사용법이라는 문제와 직결하게 됩니다. 독서가 자신의 시간 사용법과 관계가 있다는 것은 어린이책을 예로 들어 생각해 보면 잘 알 수 있습니다.

어린이책을 좋아하는 사람이라면 다들 알고 있는 그림책 중에 레이먼드 브릭스의《눈사람 아저씨》라는 책이 있습니다. 또는 가브리엘 뱅상의《어느 개 이야기》라는 책이 있습니다.《눈사람 아저씨》도《어느 개 이야기》도 그림만 있고 글이 없는 그림책입니다. 그러니까 번역서가 원서와 다른 점은 책 제목이 영어가 아니라는 것뿐입니다. 글이 없기 때문에 이런 그림책은 글을 따라서 의미를 더듬어 가며 읽을 수가 없습니다.

그렇다면 이렇게 글이 없는 그림책은 어떻게 읽으면 좋을까요? 맨 마지막 페이지까지 도대체 어느 정도의 속도로, 얼마만큼의 시간을 들여서 페이지를 넘기는 것이 좋을까요?《눈사람 아저씨》와《어느 개 이야기》는 글이 없는 가장 단순한 그림책입니다. 단순한 그림책이지만, 곰곰이 생각해 보면 굉장한 책입니다. 보통 그림책은 글자가 있다고 해도 글밥 자체가 적기 때문에, 글자만 따라 읽어 내려간다면 눈 깜짝할 사이에 다 읽을 수 있습니다. 그러나 그림책은 절대로 눈 깜짝할 사이에 읽기 위한 책이 아닙니다.

글자가 많은 책일수록 책을 읽는 법은 간단합니다. 그저 글자를 따라서, 의미를 따라서 책장을 넘기면 되기 때문에 책에 따라서는 마음 내키는 대로 훌쩍 건너뛰어 읽을 수도 있습니다. 그렇지만 그림책은 그렇게 읽을 수가 없습니다.

그림책은 읽는 법이 정해져 있지 않습니다. 아이들이 그림책을 읽고 있는 모습을 보고 있으면 저마다 제각각입니다. 읽다가 다시 앞으로 되돌아가기도 하고, 눈으로 읽기도 하고, 소리 내어 읽기도 하고, 또는 몇 번을 반복하며 읽기도 하는 등 읽는 법이 저마다 다 다릅니다.

그림책 같은 어린이책이 우리에게 전해 주는 것은 그 그림책이 가지고 있는 시간입니다. 또 하나의 시간, another time이 그곳에 있습니다. 그림책을 읽는다는 것은 그 그림책이 가지고 있는 시간의 감촉이 내 안에 남게 되는 경험을 하는 것입니다.

책을 읽는다는 것은 그렇게 책이 가지고 있는 시간을 얻는 것이라고 생각하면 좋겠습니다. 독서란 단지 글을 읽는 것이 아닙니다. 그림책 같은 어린이책을 읽는 법을 통해 배우는 것은 독서가 자신의 시간을 얻는 방법이라는 것입니다.

공통의 이야기가 사라졌다

지금은 서로의 공통된 이야기가 사라져, 공통된 말을 찾기 어려워진 시대입니다. 정보 채널이 늘어나고, 정보 툴이 많아지고, 정보가 범람하면 할수록 우리는 오히려 뿔뿔이 흩어지고, 고립되기 쉬워지고, 예전에는 함께할 수 있었던 것들도 지금은 할 수 없게 되었습니다. 그리고 그것을, 아무도 이상하게 생각하지 않습니다.

공통의 이야기가 사라졌다는 것은 공통의 시간을 함께 나눈다는 감각을 잃어버렸다는 것입니다. 여기서는 이것, 저기서는 저것, 거기서는 그것, 이렇게 선택지가 늘어나고 정보는 점점 풍부해졌지만, 그런 반면 공통의 이야기, 공통의 시간을 얼마만큼 함께할 수 있을까, 라는 것을 생각하면, 예전보다 훨씬 빈곤해지지 않았을까요?

그 하나의 예가 클래식 음악입니다. 지금은 초등학교 음악 수업 시간에 클래식 음악 듣기가 거의 없어졌다고 들었습니다. 필요하지 않다고 생각한 것이겠지요. 사실 어린아이일 때 듣는 음악은 듣고 있는 그때는 의식하지 못하는 것이 맞습니다. 하지만 곡명은 기억하지 못한다 해도, 그래도 먼 훗날 문득, 아, 그때 들었던 그 음악이네, 하고 마음속에서 되살아날 때가 있습니다.

어릴 적의 경험이 남겨 놓는 것은 이해가 아닙니다. 기억입니다. 그런 그리운 기억을 아이들에게 남겨 줄 수 있는 '듣기'라는 경험이 클래식 음악에서는 이제 사라지고 있는지도 모르겠습니다.

그렇지만 실제로는 클래식 음악만큼 우리 주변에 넘쳐나는 것은 없습니다. 오늘날 TV 광고는 시대의 유행을 만들어간다고 하는데, 통계에 따르면, 일본 TV 광고에 사용되는 음악의 60퍼센트가 뜻밖에도 클래식 음악이라고 합니다.

뉴스 같은 보도 프로그램까지 포함하면, TV에서 들려오는 클래식 음악은 흔히 말하는 명곡뿐만 아니라, 다른 데서는 좀처럼 들을 수 없는 난해하고 희소한 음악도 종종 있습니다. 클래식 음악 같은 건 들은 적이 없다는 사람이라도 TV를 보고 있다면 그렇지도 않다는 것입니다. 그런데 그렇게 늘 듣고 있는 것인데도, 그것이 지금은 서로의 공통의 말이 되지는 않습니다.

공통의 기억이 공통의 말을 만든다

공통의 말을 만드는 것은 공통의 기억입니다. 또는 공통의 기억이 그곳에 있으면 그곳에서 공통의 말이 자라납니다. 음악은 그런 공통의 기억을 만드는 법, 공통의 시간을 만드는 법에 특히 큰 영향을 끼쳤습니다.

〈G선상의 아리아〉라는 널리 알려진 소곡이 있습니다. 바흐가 작곡한 아름다운 선율의 바이올린 소곡으로, 이 곡은 원래 가곡을 뜻하는 아리아도 아니고, G현의 곡도 아니며, 애초에 바이올린을 위해 만들어진 곡도 아니었습니다(원래는 관현악 모음곡 제3번의 두 번째 곡으로, A현으로 연주되는 곡입니다). 그런데 그것이 나중에 바이올린의 명수에 의해 바이올린 독주곡으로 편곡되어 바이올린의 G현으로만 연주되면서 〈G선상의 아리아〉라는 이름으로 널리 알려지고 사랑받는 곡이 된 것입니다.

지금은 바흐가 살던 시대로부터 수백 년이 흘렀습니다. 그런 놀라울 정도로 오랜 시간을 넘고 넘어, 고작 4분도 안 되는 소곡이 시대를 초월하고 국경을 건너서 사람들의 공통의 기억을 만들어 왔다는 신비로움을 생각해 봅니다. 그런데 이제 와서 갑자기 그 공통의 기억의 끈이 툭 하고 끊어지게 되었습니다. 그리고 이제는 〈G선상의 아리아〉를 아는 세대와 모르는 세대로 나누어져 버린 듯한 기분이 듭니다.

음악은 19세기부터 지금에 이르기까지 녹음 기술이 진보하면서 기술혁신의 물결에 온전히 휩쓸려 왔습니다. 멈출 줄 모르는 기술 혁신으로 음악은 엄청난 은혜를 입었습니다. 그런데 한편으로, 만족을 모르는 기술혁신은 공통된 기억의 장소를 깊이 있게 만드는 것이 아니라, 오히려 믿을 수 없을 만큼 터무니없이 빈곤하게 만들기도 했다는 것을, 21세기로 향하는 고개를 넘고 나서야 깨닫게 되었습니다.

기술혁신이 사람들에게 가져다준 것은 '세대적 방언'입니다. LP 세대, CD 세대, PC 세대라고 하는 것처럼, 알파벳 약자로밖에 말할 수 없는 기술 환경은 그야말로 세대 간 단절의 표시 같은 것입니다. 그 때문에 기술 환경의 차이에 의해 사람들 사이의 종적인 연결이 사라지고, 새로운 환경만 좇아가기만 할 뿐 내일이 되면 잊혀질 음악이 오늘의 풍경 속에서 돌아다니게 된 것도 분명합니다.

지금은 기억이란 것이 오로지 세대라고 하는 횡적인 연

결 안에서만 갇혀 버리게 되었습니다.

뛰어난 클래식 작곡가들의 음악 중에는 어린아이를 주제로 한 잊을 수 없는 곡이 많습니다. 슈만의《어린이 정경》이 있고, 비제의《아이들의 놀이》가 있고, 라벨의《어린이와 마법》이 있고, 무소르그스키의《아이의 방》이 있고, 차이콥스키의《어린이를 위한 앨범》이 있습니다.

그런 음악들은 음악 그 자체만으로 매혹적이기도 하지만, 음악은 비밀을 가지고 있다는 것을 우리에게 알려 줍니다. 음악은 우리에게 기억을 남겨 준다는 비밀입니다.

기억이라는 선물과 '자신의 시간'

사람들에게 기억을 만들어 주는 것은 꼭 위대함이나 장대함만이 아니라, 종종 작은 것, 소소한 것이기도 합니다. 슈베르트는 더 이상 길 수 없을 것 같은 길고 장대한 교향곡 제9번《그레이트》를 작곡하기도 했지만, 그가 후세에 잊히지 않는 작곡가가 된 것은 겨우 1분 30초가 조금 넘는 걸작 가곡 중 하나인 〈들장미〉라는 노래 때문이었습니다.

고작 1분 30초밖에 되지 않는 그 노래는 그 후 백 년이 넘는 기나긴 시간 동안, 역사 속 온갖 격변의 소용돌이가 치던 세상 곳곳에서 사람들에게 기억을 만들어 주었습니다. 그렇게 작은 노래 하나가 세상 사람들의 커다란 기억이 되는 것입니다. 그 신비로움과 소중함을 생각하면, 그런 공통된 기억의 소중함이 우리도 모르는 사이에 내버려지고 있는 건 아닐까, 그런 곳에 지금 우리가 와 있는 건 아닐까 하는 걱정이 듭니다.

자신의 시간을 가진다. 그리고 스스로, 무언가를 한다. 요즘은 그렇게 스스로 무언가를 해서 이루는 시간이 자신의 시간이라고 생각합니다.

하지만 자신의 시간이란 그것과는 조금 다릅니다. 제가 생각하는 자신의 시간이란 자신에게 아주 소중한 기억이 간직되어 있는 시간, 또는 간직되어질 시간입니다.

기억이 없이 자신의 시간은 없습니다. 자신에게 소중한 시간의 기억이 자신의 시간입니다. 그런데도 우리는 시간을 계속 소비하며, 너도나도 시간을 조금씩 잃어버리며 살아왔습니다. 시간을 잃어버림으로써 자신의 시간을 잃어버리게 되었습니다. 자신의 시간을 잃어버리는 것은 자신의 소중한 기억을 잃어버리는 것입니다.

자신이 가진 시간이란, 자유로워지는 시간을 말하는 것이 아닙니다. 자유롭게 무언가를 하는 시간도, 무언가를 할 수 있는 시간도 아닙니다.

그런 것이 아니라, 자신이 갖고 있는 시간이라는 샘에서 기억이라는 샘물을 퍼 올리기 위한 시간이, '나'라는 한 사람의 텅 빈 양동이를 채우는 충실한 시간이라고 생각합니다.

기억을 전하는 이야기

언젠가 미국에서 재미있는 일이 책의 세계에서 잇달아 일어난 적이 있습니다. 소설 같은 건 지금까지 써 본 적이 없는 사람들이, 심지어 쉰 살이 넘어서 처음으로 글을 쓰기 시작해 출판까지 하게 되었는데, 그것이 사람들의 주목을 받아 널리 읽히게 되는 일이 계속해서 일어난 것입니다.

화제를 모은 로버트 제임스 월러의 《매디슨 카운티의 다리》가 그중 하나입니다. 또 영화로도 만들어진 노먼 매클린의 소설 《흐르는 강물처럼》도 마찬가지로 저자가 나이 들어 생애 처음으로 쓴 책입니다. 그리고 하워드 오웬이라는 사람이 쓴《리틀 존》이라는 책 역시 작가가 나이 들어서 처음 쓴 소설입니다.

이들 소설에서 보이는 공통점은 자신의 소중한 기억을 주제로 했다는 것입니다. 기억을 주제로 한다는 것은 어떤 것일까요? 우리는 지금 많은 것을 풍족하게 얻었다고 생각하지만, 왠지 모르게 소중한 기억을 잃어버린 것 같은 기분이 들어, 자신의 잃어버린 기억을 스스로 찾아가는 행위로 글을 쓴다는 것입니다. 그들의 이야기를 지켜주고 있는 것은 자신의 소중한 기억을 스스로 되찾지 못한다면, 자기 자신을 분명히 밝힐 수 없다는 절박한 자각입니다.

《리틀 존》은 미국의 남부 지방을 배경으로 한 소설입니다. 작가는 소설이란 마치 인생을 회상하는 것이라는 자세를 내내 유지하면서, 조용한 어조로 어느 여름날의 이야기를 들려줍니다. 이 책이 인상에 강하게 남는 것은 소설을 관통하는 스토리보다는, 이 소설이 소중한 기억을 간직하고 있는 사람의 이야기이고, 또한 서로가 공통의 소중한 기억을 만드는 법에 대한 이야기이기 때문입니다.

이 책은 미국의 공립학교에서 인종차별이 폐지된 1965

년의 어느 남부 지방에서 벌어진 사건에 관한 이야기입니다. 백인들은 이제 이곳의 교육 제도는 무너졌다며 이구동성으로 욕을 퍼부어 댔습니다. 흑인 아이들은 공립학교에 들어갈 수는 있었지만, 학생 수는 3학년에 여섯 명, 2학년에 일곱 명, 1학년에 열두 명뿐입니다. 실제로 육체적으로 해를 입는 일은 없었지만, 흑인 아이들에게 끊임없이 가해진 것은 말의 폭력이었습니다.

하루에 수도 없이 들려오는 "깜둥이, 깜둥이"라는 말의 연속. 사물함 문에는 욕설을 휘갈긴 낙서. 별로 다르지도 않은데 억양이 이상하다고 놀림 받는 흑인 아이들은 자존심을 다쳐가며 하루하루 위축되어 갑니다. 그러다가 어느 흑인 여자아이 하나가 자살을 합니다. 주인공은 그 자살과 직접적인 관계는 없습니다. 하지만, 정말로 아무 관계가 없을까요?

여기서 그 소녀의 자살을 둘러싸고《리틀 존》이라는 이 이야기는 '기억'이라는 것이 무엇인지 우리에게 말해 줍니다. 기억이란, 사람이 사람으로서 지녀야 할 모습을 묻는 것이다, 라고 말해 주고 있는 것입니다.

이야기가 말해 주는 것

그날, 나는 집으로 돌아갔다. 아마 크리스마스가 끝나고 봄 파종 때까지 시간이 조금 남아 있을 무렵이었을 것이다. 아버지가 오일 히터 옆에 앉아서 볶은 땅콩을 먹고 있었다.

"어젯밤에 깜둥이 여자애가 자살했어요."

자못 어른스러운 뉴스라도 알리고 있다는 기분에 들떠서 나는 흥분하며 말했다. 그러자 땅콩 껍질을 까고 있던 아버지가 손을 멈추더니, 그 아이가 누구냐고 물었다.

그리고 아버지의 말이 이어집니다.

"그러니까 너희들 전부가 그런 못된 짓을 해서 그 애가 자살을 했단 말이냐?" 하고 아버지가 내게 물었다.

나는 라트리샤 운슬리가 자살한 것에 나 자신의 책임도 있다는 생각을 받아들일 마음의 준비가 되어 있지 않았고, 그래서 있는 그대로를 말했다. 그리고 "그 애한텐 농담이 안 통했나 봐요."라고 덧붙였다.

아버지는 일어서서 땅콩 껍질과 무릎 위에 펼쳐 놓은

신문을 쓰레기통에 내던지더니 침실로 가 버렸다. 5분이 지나도 돌아오지 않아서 이야기는 그걸로 끝이 났다고 생각했다.

하지만 이야기는 끝난 것이 아니었습니다.

냉장고에서 펩시콜라를 꺼내 소파에 가서 앉아 있는데, 아버지가 사진을 한아름 들고 왔다. "너한테 보여 주고 싶은 게 있다." 하고 아버지가 말했다.

"이건 아버지가 전쟁 중에(2차 세계대전) 병사로 있을 때 찍은 사진이란다."

아버지가 그 사진을 내게 보여 준 것은 그때가 처음이었고, 자신이 요리사였다는 사실 말고는 전쟁 이야기를 해 준 적이 단 한 번도 없었다. 요리사였다는 것이 주변에 자랑할 만한 일이 아니어서 그랬는지도 모르겠다.

유대인들의 사진을 내게 전부 보여 주고 나더니, 아버지는 정말로 인상적이었던 건 독일 사람들이었다고 했다. 나는 아버지가 사진으로 내게 무엇을 보여 주고 싶어 했는지 깨달았다. 독일인의 표정에는 안도감은 물론, 비굴

함과 거만함까지 보였다. 그러나 부끄러움이라는 의식은 어디에도 없었다. 아버지의 말대로, 그 독일인들은 우리와 다를 게 하나도 없었다. 귀여운 개를 키우고, 정원을 가꾸었으며, 모자를 쓰고 학교에 갔다.

아버지는 내 손에서 사진을 가져가더니 덥수룩하고 기미가 잔뜩 낀 손으로 내 손을 감쌌다. "인간을 인간으로 똑바로 대하지 않으면 그런 어처구니없는 일이 벌어지는 거란다. 우리는 그렇게 되지 않도록 하자." 하고 아버지는 말했다.

이 이야기에서 우리가 알 수 있는 것은 기억이란 다른 누군가에게 기억을 전해 주는 방법이 될 수 있다는 것입니다.

이 이야기는 각자가 가진 전혀 다른 경험을 서로 마주 대하려는 노력 속에서만 공통의 기억이 만들어질 수 있다는 것을 말해 주고 있습니다.

아이가 직면한 한 명의 흑인 동급생의 자살이라는 사건을 마주하기 위해, 아버지는 그때까지 한 번도 입 밖에 꺼낸 적이 없던 자신의 전쟁 체험을 끄집어냅니다.

아이는 자신이 직면한 사건의 무게가 얼마나 무거운 것

인지 깨닫지 못합니다. 그런 아이에게 아버지가 전하고 싶어 하는 것은 경험이 갖는 무게입니다. 경험이 갖는 의미는 바로 그 무게이기 때문입니다.

기억을 공유하기 위해서는

각자의 경험은 고립되어 있고, 하나하나가 개별적입니다. 그럼에도 불구하고 사람은 자신이 하지 않은 것, 자신이 모르는 경험에 대해 자신의 마음을 열 수 있습니다. 그렇게 해서 각자의 경험을 서로의 공통의 기억으로 바꾸어 갑니다. 또한 저마다 각자의 경험을 통해 서로의 공통의 장소를 만들어 갑니다.

그런 공통의 기억의 장소를 만들 수 있게 한 것이 '말'입니다. 하지만 지금, 우리가 가진 기억은 그런 모습이 아닙니다.

각자의 경험이 분쇄기에 들어간 종잇장처럼 갈기갈기 찢기고, 고립되고, 개별적이 되어, 누구에게도 전해지지 않은 채, 기억 같은 건 차라리 잃어버리는 편이 나은 것처럼 되어 버려, 너도나도 서로를 멀리하고 있는 것 같습니다.

사람과 사람을 이어 주는 공통의 시간을 점점 갖기 어려워지고 있습니다. 또한 사람과 사람을 이어줄 수 있는 공통의 경험도 이제는 서로 나누기 어려워졌습니다.

공통의 기억을 만드는 공통의 말 자체가 우리들 사이에서 점점 빈곤해지고 있는지도 모르겠습니다.

사람은 누구나 따로따로이지만, 누구나 따로따로라는 것은 다양성과는 다른 것입니다. 따로따로라는 것은 그저 뿔뿔이 흩어져 있다는 것일 뿐, 그렇게 그저 뿔뿔이 흩어져 있어서는 자신감이 없어지고 두려워지는 것이 당연합니다.

이 얘기는 도저히 못 할 것 같아. 그 얘기는 할 수 없어. 그렇게 서로 터놓고 말할 수 없는 이야기가 늘어나고 있는 일이 우리의 일상 곳곳에서 생겨나고 있는 것 같습니다.

서로서로 비밀로 간직하고 싶은 이야기가 많아졌다는 것이 아닙니다. 그런 것이 아니라, 서로가 서로의 경험을 함께 나누고 이야기하는 법이 지금 점점 사라지고 있는 게 아닌가 하는 것입니다. 이런 이야기를 할 수 있었어, 그저 그것만으로도 가슴이 벅찰 때가 있습니다. 서로의 말문을 막아 버리는 듯한 대화법이 만연하게 되면, 우리는 유연한 마음을 잃게 됩니다.

저장된 정보를 이것저것 가져와서 다양한 정보를 얻은 것 같은 충족감을 느낍니다. 하지만 그럼에도 불구하고, 자신의 체온을 유지하듯, 사람과 사람 사이의 공통의 기억을 이제 더 이상 갖지 못하게 되지는 않을까 하는 아쉬움이 한편으로 느껴지는 것은, 풍요로워진 세상에서 서로를 이어 주는 공통의 것, 공통의 가치관, 공통의 기억이 오히려 빈곤해졌기 때문입니다.

세상을 보는 법을 좌우하는 것

어린이책이 가지는 의미가 크다는 것은 어린이책이 그런 서로를 이어줄 공통의 것, 공통의 가치관, 공통의 기억과 관계가 있기 때문입니다.

어른이 된 내 안에, 나한테는 이런 이런 어린이책이 있었어, 라는 기억을 얼마만큼 가지고 있는지, 또는 반대로 그런 기억이라고는 전혀 없는지, 그 둘이 세상을 바라보는 방식은 우리가 생각하는 것 이상으로 크게 다를 것입니다.

나무 둘레를 빙글빙글 힘차게 돌고 있는 호랑이들이 버터로 변해 버리는 장면. 책 속의 그런 기억을 생생히 갖고 있는 사람과, 그런 기억 같은 건 전혀 갖고 있지 않은 사람이 세상을 바라보는 방식은 분명히 다릅니다.

어린이책이란 어린이책을 통해서 바라보는 세상은 이렇게 보인다는 기억을 남겨 주는 책입니다. 망원경 같은 책이면서, 동시에 현미경 같은 책, 어린이책은 그런 책입니다. 그렇기 때문에 가장 중요한 것은 어린이책은 눈앞에 놓여 있지 않으면 소용이 없다는 것입니다. 그 자리에 없으면, 책은 읽을 수가 없습니다. 읽을 수 없으면, 책은 기억이 되지 못합니다. 기억이 되지 못하면, 거기서 공통의 기억을 만들어 가려는 노력이 생겨날 수도 없는 것입니다.

나는 그 책을 갖고 있어, 읽어서 알고 있어, 단지 그것뿐이라면 그것뿐인 것이 책입니다. 그 책을 내가 가지고 있으면, 그 책이 세상에서 사라진다고 해도 종종 그것에 무관심해집니다. 내가 가지고 있으니까, 늘 그 책은 세상에 있다고 생각합니다. 하지만 사실은 이미 눈앞에서 사라져 버린 경우도 적지 않습니다.

책이라는 것, 또는 책이라는 문화는 책의 사유(私有), 기억의 사유로 끝나는 것이 아닙니다. 그것이 나 자신에게만 소중한 기억일 뿐이라면 책은 아무것도 되지 않기 때문입니다. 책을 서로가 공통의 소중한 기억의 장소로 만들 수 있는 것으로 끊임없이 생각해 나가지 않으면, 책은 눈 깜짝할 사이에 우리에게 더 이상 특별하지 않은 것이 되어 버립니다.

기억이 인생의 이야기를 자아낸다

사람은 누구나 나이가 듭니다. 나이가 들어가는 인생의 과정에서 점점 중요해지는 것은 타인과 내가 어떤 기억을 함께 나눌 수 있을까, 라는 것이라고 생각합니다. 사람은 저마다 소중한 기억을 갖고 있습니다. 하지만 저마다의 소중한 기억이 누구에게나 똑같이 소중한 기억은 아닙니다.

타인과 나 사이를 연결하는 기억은 사적인 기억과는 다른 무언가, 개인적인 느낌 이상의 무언가가 있는 기억입니다. 오늘날 우리에게 필요한 것은 서로 공유할 수 있는 말입니다. 서로 알지 못하는 사람끼리 공유할 수 있는 말을 소중히 해야 한다고 생각합니다.

커뮤니케이션의 가능성이란 저마다 각자의 마음속에 인식하지 못한 채 가지고 있는 공통의 소중한 기억을, 서로 연결할 수 있도록 끄집어낼 수 있는지 없는지와 관계가 있습니다.

중요한 것은 '함께'가 아닙니다. '공통'이라는 것은 '함께'라는 것이 아닙니다. 중요한 것은 '함께'라는 기억이 아니라, '공통'이라는 기억을 가지는 것입니다. 모르는 사람끼리 서로 나눌 수 있는 공통의 기억을 소중히 하고 풍요롭게 가진 사람이 풍요로운 사람이고, 풍요롭게 가진 나라가 풍요로운 나라입니다. 우리의 역사를 풍요롭게 만들 수 있는지 없는지, 그것도 공통의 소중한 기억을 우리가 얼마만큼 갖고 있는지와 깊은 관계가 있을 것입니다.

공통의 소중한 기억이란 그곳에 각자의 기억이 모일 수 있는 곳입니다. 하지만 하루하루 늘어나는 정보를 손에 넣음으로써 우리가 얻게 된 것은 각자의 기억이 모일 수 있는 공통의 소중한 기억과는 다른 것입니다. 존재를 한없이 얇게 깎아 버리는 것이 정보라고 한다면, 존재를 가능한 한 두텁게 만드는 것은 기억입니다.

공통의 소중한 기억을 키우는 것은 누구나 알고 있는 세상의 대단한 사건들보다는 오히려 지극히 평범한 일상의 풍경입니다. 예를 들면, 조금 전에 말한《흐르는 강물처럼》이라는 책 속에 나오는 이런 인상적인 한 구절처럼 말입니다.

깊은 산속의 골짜기에서, 낚시꾼 한 명이 가만히 강물을 바라보고 있습니다. 아무 일도 일어나지 않습니다. 하지만 낚시꾼은 그때를 생생하게 기억하고 있습니다.

"그때는 인생의 이야기가 책보다 강을 더 닮았다는 걸 깨닫지 못했지만, 나는 이미 이 이야기를 그때부터 쓰기 시작했던 것이다. 어쩌면 물소리가 가까이서 들려왔을 때부터 시작되었는지도 모르겠다. 그리고 강물처럼 결코 침식되지 않는 무언가가 내 앞에서 나를 기다리고 있는 것 같은 기분이 들었다. 강물이 그렇듯이, 날카롭게 꺾이는 모퉁이가 다가오고, 깊이 움푹 팬 웅덩이가 나타났다가, 가라앉은 자갈이 보이고, 그러다가 마침내는 고요함이 찾아올 것이라고."

정보의 힘은 대단히 뛰어납니다. 그러나 공통의 소중한 기억을 키우는 것은 이야기를 이끌어내는 기억의 힘입니다.

"자신이 갖고 있는 시간이라는 샘에서 기억이라는 샘물을 퍼 올리기 위한 시간이, '나'라는 한 사람의 텅 빈 양동이를 채우는 충실한 시간이라고 생각합니다."

6장

지금, 우리에게 필요한 것

사람은 말로 이루어져 있다

먼저 사람이 있어서, 내가 있고, 그리고 말이 있다. 말과 사람의 연결을 말할 때, 보통은 이런 순서로 생각합니다. 하지만 말과 사람의 관계에 대해 생각한다면, 그 순서를 거꾸로 생각하는 편이 좋다고 생각합니다. 먼저 말이 있어서, 내가 있고, 그리고 사람이 있다, 이렇게 말입니다.

이 세상에 사람에게 없어서는 안 되는 것, 하루하루의 생활을 지켜 온 것들의 대부분은 사람이 만들어 낸 것입니다. 사람은 다양한 것을 만들려고 해서 만들어 왔고, 때로는 도저히 만들 수 없을 것 같은 것조차 종종 만들어 냅니다. 그러나 사람에게 절대 없어서는 안 되는 것 중에는 사람이 만들지 않은 것도 있는데, 말도 그중에 하나입니다.

말은 우리가 태어나기 훨씬 전부터 있었고, 우리보다 더 길고 오랜 시간을 가지고 있습니다. 그렇기 때문에 우리는 말 안에서 태어나고, 거기서 생겨난 가장 오래된 말을 배웁니다. 성장한다는 것은 말을 배운다는 것입니다. 말은 만드는 것도 아니고 주문하여 맞추는 것도 아닙니다. 말은 배우는 것입니다.

사람은 하루하루의 경험을 통해 말을 배웁니다. 자신의 눈앞에 있는 말을 배웁니다. 자신의 하루하루를 감싸고 있는 말을 배웁니다. 말 안에서 태어나, 그 말과 말의 체계를 스스로 배움으로써 사람은 어른이 되어 가고 인간이 되어 갑니다. 말은 그런 것입니다.

그런데 배워서 끝이 아니라, 배운 말을 자신의 것으로 만들지 못하면, 말은 나 자신의 말이 되지 않습니다. 그것이 말의 본질입니다.

말을 배운다는 것은, 이 세상에 나 자신이 혼자가 아니라는 것을 알게 된다는 것입니다. 말은 연결이기 때문입니다.

말을 사용한다는 것은 타자와의 관계를 스스로 적극적으로 인정한다는 것입니다. 말을 내 것으로 만든다는 것은 말이 만들어 내는 타자와의 관계 속에서 자신의 위치를 확인한다는 것입니다.

사람은 무엇으로 이루어져 있을까요? 저는 사람이 말로 이루어진 존재라고 생각합니다. 말은 사람의 도구가 아니라, 사람의 재료라는 것입니다.

예를 들어, TV 뉴스에서 중동에서 일어난 사건을 보는

데 사우디아라비아의 사막 도로가 나오는 장면이 나옵니다. 화면에 비친 사막은 아무것도 없는 풍경입니다. 일본에서는 볼 수 없는 풍경 속에, 일본과 똑같은 고속도로 하나가 쭉 뻗어 있습니다. 그곳에 도로 표지판이 보입니다. 아라비아어로 쓰여 있는 표지판입니다.

사우디아라비아뿐만 아니라 한국이든 호주든 노르웨이든 멕시코든, 또 일본 어디를 가든 고속도로 표지판은 하나같이 녹색 표지판에 흰색 글자가 쓰여 있습니다. 어느 마을의 어느 출구로 빠지는지, 어느 교차로가 나오는지, 도로 표지판은 기호도 규격도 색깔도 어디든 대체로 비슷합니다. 그렇기 때문에 눈으로 보면 도로 표지판이라는 것을 바로 알 수 있습니다. 딱 하나, 말만은 전혀 다릅니다.

차를 운전하는 데 굳이 말이 필요하지는 않습니다. 세계 어디서든 자동차를 운전하는 법은 같습니다. 길을 내는 방법도 고속도로 같은 경우는 거의 다르지 않습니다. 도로 표지판의 기호도 같습니다. 그렇지만 녹색 표지판에 흰색 글자로 쓰여 있는 말은 그 말을 모르는 사람에게는 아무런 의미도 전해 주지 않습니다.

공부하지 않으면 익힐 수 없는 것이 이국의 말입니다.

공부하지 않고도 익힐 수 있는 것은 내가 태어난 땅의 말뿐입니다. 성적을 중시하는 일본의 교육 시스템 속에서는, 외국어는 공부해서 익히는 것이고, 어려운 말을 아는 것이 지식이라고 여기며 정확한 말만 쓰도록 요구합니다. 하지만 원래는 아기가 옹알대는 말, 외국인이 더듬는 말도 전부 말이고, 불완전한 말 역시 우리에게 소중한 말입니다.

오늘날처럼 국경이라는 경계선이 낮아지고 사람들을 연결하는 기준이 세계적으로 같아지는 시대에서는 글로벌 스탠더드가 무엇인지가 중요해집니다.

말은 어떨까요? 말이란 어디까지나 지역성에 뿌리를 두고 있는 만큼 아무래도 글로벌 스탠더드가 되지는 않겠지요. 지금 세계의 통용어는 영어라고 하지만 글로벌 스탠더드와는 조금 다른 것 같습니다.

영어는 지역성이 매우 강해서 어느 지역의 영어인지는 전문가쯤 되어야 대충 알 수 있다고 합니다. 시드니는 시드니식 영어, 텍사스는 텍사스식 영어, 벨파스트는 벨파스트식 영어, 이런 식으로 말입니다. 그럼에도 불구하고 영어가 세계의 통용어로 자리 잡게 된 것은 언어의 완전성이 아니라 불완전성을 영어만큼 수용해 온 언어가 역사적으로 많지 않기 때문일 거라고 생각합니다.

국경을 초월하는 말은 완전한 말이 아니라, 오히려 불완전한 말입니다. 예를 들어, 국경을 넘어 다른 나라로 일하러 가는 사람들이 서로 소통할 수 있는 이유는 띄엄띄엄 더듬으며 말하는 몇 마디의 말과 표정, 몸짓 때문입니다.

그런 의미에서 보면 불완전성이야말로 말의 본질이라고 할 수 있고, 말을 말답게 하는 것은 다름을 다름으로써 받아들일 수 있는 너그러움인 것입니다.

나를 확인하는 말, 타자를 확인하는 말

말에는 크게 두 가지가 있습니다.

하나는 타자를 확인하는 말입니다. 가장 좋은 예는 인사할 때 쓰는 말, 편지 쓸 때 쓰는 말, 전화할 때 쓰는 말입니다. 전화는 누군가에게 거는 것, 또는 누군가에게서 걸려 오는 것입니다. 다시 말해 타인 없이는 존재하지 않는 도구입니다. 미디어의 말, 정보의 말도 그렇습니다. 우리가 일상에서 쓰는 대부분의 말은 타자가 있는 말입니다. 타자가 느껴지는 말, 또는 타자를 확인하기 위한 방법이 되는 말입니다.

그리고 또 하나의 말이 있습니다. 나를 확인하는 말입니다. 여기에 내가 있다고 느껴지는 말, 나 자신을 확인하기 위한 말, 또는 확인하기 위한 방법이 되는 말입니다. 책 속의 말이 늘 그런 말이었고, 지금도 그렇습니다. 노래나 영화, 만화, 드라마도 그저 재미만 있는 것이 아니라, 공감도 하고 반발도 하고, 그 안에 나와 똑같은 인간이 있구나, 여기에 나의 세계가 있구나 하고 느껴지는, 그런 '나'의 말로 이루어져 있습니다.

타자를 확인하는 말과 나를 확인하는 말, 우리의 말에는 그런 두 가지 방향과 두 가지 작용이 있습니다. 기술 혁명의 큰 물결이 밀어닥치면서 놀랄 만큼 발전한 것은 타인을 확인하는 말의 기술입니다. 그런데 나를 확인하는 말의 기술은 어떨까요? 책은 펼쳐서 읽고, 노래는 귀 기울여 듣고, 영화는 영화관에서 또는 방에서 비디오로 보고, 만화는 그림을 따라 읽는 것처럼, 지금도 여전히 개인적입니다.

인터넷 같은 새로운 공간이 펼쳐지면서 타인을 확인하는 기술은 놀랍도록 발전했지만, 나를 확인하는 말은 그만큼 변하지 않는 것은 자신을 확인하는 방법은 마음의 작용이기 때문입니다. 기술 혁신은 모든 것을 단단하고 튼튼하게 만들어 왔지만, 마음이란 형태가 없는, 눈에 보이지 않는 것입니다.

'마음', 이라고 쉽게 말은 할 수 있지만, 그 마음이라는 것은 사람의 몸 어디에 있는 걸까요? 심장이 어디에 있는지는 알고 있습니다. 손가락이 어디에 있는지, 눈동자가 어디에 있는지도 압니다. 그런데 마음은 몸 어디에 있을까요? 기술은 그것이 어디에 있는지 알고 있는 것에 작용하는 것으로, 그것을 바꾸기도 하고 만들기도 할 수 있습니다. 하지만 마음은 어디에도 없는 것이기 때문에, 오로지 말로써만 나타낼 수 있습니다.

그렇기 때문에 기술 혁신이 눈부시게 발전하는 시대에 소홀해지기 쉬운 것이 마음의 작용입니다. 마음이 움직인다, 감이 온다, 영혼이 담겼다, 그런 식의 의미를 알 수 없는 말들은 이제 시대에 뒤처진 것처럼 보입니다. 그렇지만 유행이 전부가 아닙니다. 우리에게는 오로지 말로써만 나타낼 수 있는 것이 반드시 있기 때문입니다.

'사회', '현실', '세계'가 그렇습니다. 사회나 현실이나 세계 같은 것은 지도 위에 없습니다. 이거라고 딱 꼬집어 가리킬 수도 없습니다. 그럼에도 불구하고 우리는 사회라는 것이 있다고 알고 있고, 현실이라는 것을 절실히 실감하고 있고, 세계라는 것이 존재한다는 것도 잘 알고 있습니다.

어떻게 아는 걸까요? 말로써 아는 것입니다. 말이 아니면 받아들일 수 없는 것이 있습니다. 그것을 우리에게 가르쳐 주는 것이 말입니다.

없어서는 안 되는 건 단 하나

지금까지 우리는 공부라고 하면 성적을 올리고, 시험을 치고 경쟁하여 경쟁에서 이기거나 지는 것, 그렇게 겨루고 싸우는 것이라고 생각해 왔습니다. 말을 배우는 것조차 그런 경쟁이라는 공부의 하나였고, 논어도 셰익스피어도 그런 경쟁 속에서 배워 왔습니다.

하지만 아이들의 숫자가 점점 줄어드는 앞으로의 사회에서 공부의 형태는 변할 수밖에 없습니다. 배운다는 것이 이기기 위한 것, 이기지 못하면 지는 것이나 다름없는 경쟁을 위한 공부와 다른 형태가 되지 않으면 미래가 사라질 것이기 때문입니다.

타인과 경쟁한다. 타인과 경쟁하여 이긴다. 또는 진다. 그런 식으로 공부라는 것은 늘 타인을 확인하고, 타인과의 거리를 확인하기 위한 것이었습니다. 하지만 아이들이 점점 줄어드는 사회에서는 타인을 이기기 위한 공부를 할 필요가 없습니다. 그보다 훨씬 더 필요한 것은 자신을 확인하기 위한 공부이고, 자신을 확인하는 방법이 되는 공부가 한층 더 요구되어질 것입니다.

자신을 확인하기 위해서 없어서는 안 되는 것은 딱 하나, 말입니다. 자신을 확인하는 힘을 주는 것이 말입이다.

중요한 것은 그런 말을 제대로 만날 수 있는가 없는가이고, 문제는 그런 말을 만날 수 있는 말과 사귀는 법을 스스로 키워 나갈 수 있는가 없는가입니다. 다만, 말은 정보와는 다릅니다.

정보를 많이 가지고 있으면 박식하다고 생각하고, 정보를 많이 알고 있으면 세상을 잘 아는 것이며, 정보를 꿰뚫고 있지 않으면 세상에 뒤처진 것처럼 여깁니다. 그것은 무언가를 아는지 모르는지, 정보의 양을 타인과 겨룬다는 것이고, 정보의 귀착점이 결국 타인과의 경쟁이라는 것입니다.

그러나 정보가 우리를 압도하듯 둘러싸고 있는 지금 같

은 때, 약해지고 있는 것은 오히려 정보가 아닌 말입니다. 말에서 가장 중요한 것은 사실은 정보가 아닌 것, 비정보적인 것입니다.

누군가가 말을 합니다. 나중에 그 사람이 무슨 말을 했는지 생각나지 않습니다. 하지만 비록 생각나지는 않지만, 그 사람이 어떤 사람이었는지 그 이미지는 또렷이 남아 있습니다. 그렇게 우리는 모든 것을 말을 통해서만 이해하는 것은 아닙니다. 또한 말한 것을 듣고 정보를 얻었기 때문에 아는 것도 아닙니다.

정보가 아닌 말이 중요하다

나에게 전달되어 남는 것은 그 사람의 표정, 몸짓, 분위기, 기분 같은 분명하지 않은 것, '비정보적인 말'입니다. 우리는 정보에 의해서 판단하고 있다고 생각하는 것이 많지만, 사실은 정보가 아니라 비정보적인 것에 근거하여 판단하는 경우가 종종 있습니다. 무언가를 생각할 때도, 우리는 정보가 아닌 것에 더 많은 중점을 두고, 그러고 나서 말이 표현하는 것을 헤아려 생각합니다.

지금은 세상에 없는 친구를 떠올릴 때, 그 사람이 했던 말보다는 그때 그 사람이 지었던 몸짓이며, 웃는 얼굴이며, 뾰로통하게 토라진 얼굴이며, 어느 순간의 눈빛 같은 것들이 더 선명히 인상에 남아 있지 않나요? 돌아가신 할머니나 할아버지를 떠올릴 때, 함께 살았는데도 나중에 생각해 보면 할머니, 할아버지에 대해 아는 게 아무것도 없다는 걸 깨닫는 경우도 적지 않습니다. 그런데도 그 표정이나 분위기, 어느 한순간 지었던 인상적인 표정이 내게 잊을 수 없는 기억이 되어 남아 있는 경우가 있습니다.

사람의 표정은 말의 형태를 갖지 않는 말입니다. 바꿔 말하면, 비정보적인 말입니다. 정보가 아니라 표정으로 그 사람을 선명히 떠올릴 때가 있듯이, 우리는 '정보가 아닌 말'이 의미하는 것을 판단의 중요한 요소로 활용함으로써 자기 자신을 확인하는 경우가 많습니다. 그런 비정보적인 것을 없애 버리면, 우리의 말은 비뚤어지게 됩니다.

말을 정보로만 받아들인다면, 비정보적인 것을 볼 수 없게 됩니다. 의미는 있지만 문체가 없는 말이 늘어나게 됩니다. 지식으로서의 의미는 있겠지만, 그 말이 가지는 이미지를 생생히 감각할 수 없습니다. 말이 문체나 스타일

같은 멋진 감각적 매력을 잃으면, 말은 말의 힘을 잃게 됩니다.

지식뿐인 말이란, 그 말을 알기는 하지만 감각할 수는 없는 말입니다. 지식으로서의 정보를 나열한 말, 비정보적인 문체가 느껴지지 않는 말이 서먹서먹하고 따분한 것은 '정보를 얻는 것'과 '말을 읽는 것'은 결정적으로 다르기 때문입니다.

그렇기 때문에 내게 가장 필요한 말은 '말'만 찾아다닌다고 해도 어쩌면 찾을 수 없을 것입니다. 찾아야 하는 것은 '필요'입니다.

그렇게 생각하면, 말에서 가장 중요한 것은 무언가 그것을 말로 표현했을 때 하나만의 의미를 이루는 것이 아닙니다. '바보'라는 말을 예로 들어 볼까요? '바보'라는 말은 다양한 의미를 나타냅니다. "바보야" 하고 남에게 말할 때의 '바보', "이 바보!" 하고 나 자신에게 말할 때의 '바보', "너도 참 바보다" 하고 말할 때의 '바보', "바보 같은 소리!"라고 할 때의 '바보', '딸바보'라고 할 때의 '바보' 등 다양한 의미가 있습니다. '바보'라는 말은 흔히 업신여기는 말로 쓰이는 것 같지만 꼭 그렇지는 않습니다. "뭐야, 바보같이" 또는 "또 바보짓 했네!"라고 할 때처럼 쑥스러움이나 친밀감을 나타내는 말이기도 합니다.

딱히 의식하고 있지는 않아도, 우리는 일상 속에서 그런 식으로 각각의 뉘앙스를 한껏 활용하여 말을 합니다. 그리고 말을 둘러싼 비정보적인 영역을 환히 드러내면서 커뮤니케이션을 이루어가려고 합니다.

'말 한마디에 달려 있다'라는 표현이 있습니다. 어떤 일이 될지 안 될지는 어찌 됐든 '말 한마디'에 달려 있다는 것입니다. 말이란 그저 의미만을 나타내는 것이 아니고, 정보만 담고 있는 것도 아닙니다. 분명히 느껴지지만, 의미도 아니고 정보도 아닌 것을 말로써 전달하려고 노력하지 않는다면, 말이란 믿을 수 없는 것이 되어 버립니다.

경쟁력과 감수력

우리는 말 속에 살고 있지만, 의미 속에 살고 있는 것은 아닙니다. 그렇다기보다는 오히려 모호함 속에 살고 있다고 하는 편이 맞을지도 모릅니다. 뭔지 알 수는 없지만, 그런 모호함 속에서 무언가 쿵 하고 와 닿는 것이 있습니다. 분명히 와 닿는 무언가가 있습니다. 모호한 나 자신의 현재를 또렷이 밝혀 주는 것이 바로 그 '무언가'입니다.

그 '무언가'란 스스로 느끼지 않고는 말로 표현할 수 없는 것이고, 대개는 비정보적인 것이며 의미를 이루지 않는 것입니다. 의미를 이루지 않는 것, 그 막연한 감각 속에서 나 자신이 여기에 있다고 느끼게 해 주는 것이 있습니다. 예를 들어, 오래된 절에서 오래된 목불상을 가만히 바라보고 있을 때 느껴지는 듯한 감각. 그런 감각의 분명함을 소중히 하고 싶습니다.

아무리 환경이 변한다고 해도, 아무리 기술이 발전한다고 해도, 나를 확인하는 말을 찾기 위해서는 여전히 '나'라고 하는 정체를 알 수 없는 것만이 실마리가 될 수 있습니다. 그렇기 때문에 정체를 알 수 없는 것을, 정체를 알 수 없다고 해서 소홀히 해 버리면 '나'라는 것은 점점 가난해질 수밖에 없습니다.

우리가 정체를 알 수 없는 것을 꺼리는 이유는 정체를 알 수 없는 것은 대개 데이터가 없기 때문에 경쟁에 도움이 되지 않기 때문입니다. 인터넷을 포함한 소위 정보 혁명이라고 불리는 오늘날의 기술 혁신에 요구되는 것은 남보다 앞서 새로운 경쟁력을 창출하는 것입니다.

그러나 앞으로 필요한 것이 과연 새로운 경쟁력일까요?

어느 시대든 경쟁의 결과는 이기는 것도 지는 것도 아닌, 대개는 양쪽 다 무너지는 것이었습니다.

경쟁력이란 물리치는 힘을 말하지만, 우리가 찾아야 하는 것은 물리치는 말이 아니라, 끌어안는 말, 다가가는 말입니다.

모호함을 잘라 버리는 것이 아니라, 모호함 그 자체를 환히 드러내는 곳에 우리가 찾는 말의 방향이 있습니다. 그리고 그런 방향 감각을 깨워 주는 것은 경쟁력이 아니라 감수력(感受力)입니다.

감수력이란 수용하는 힘입니다. 타(他)의 존재에 의해 나 자신이 살아 있다는 것을 느낍니다. 그런 타의 존재를 생생히 느끼게 해 주는 말, 그런 말을 얻을 수 있는가 없는가, 그것에 따라 사회를 보는 법, 세상을 보는 법은 완전히 달라집니다.

귀를 씻어라

말이란 것은 어딘가에 굴러다니는 것이 아니라, 늘 마음속 저울 위에 놓여 있습니다. 저울은 균형이 잡혀 있기 때문에 한쪽에 말을 올려놓으면 반대쪽에도 똑같은 무게를 가진 무언가를 올려놓아야 합니다. 그때 저울 반대편에 놓이는 것이 경험입니다.

경험이란 것은 반드시 말을 필요로 합니다. 경험했다는 것만으로는 경험은 아직 경험이 될 수 없습니다. 경험은 말로 바뀌고 나서야 비로소 말을 가진 경험이 되는 것입니다. 경험은 했는지 안 했는지가 중요한 것이 아닙니다. 경험한 것, 심지어 경험하지 않은 것까지도, 나만의 말로 만들어 낼 수 있다면 내 안에 남게 됩니다. 거꾸로 말하면, 말이 되지 못하는 경험은 내 안에 남지 않는다는 것입니다.

그 말에 의해, 스스로 나 자신을 확인하고, 확인해 나갈 수 있는 말. 말은 경험을 표현할 수 있고 간직할 수 있지만, 말로 한다는 것은 물음에 대해 올바른 답을 낸다는 것과는 다릅니다. 올바른 답을 마련하는 것이 아니라, 자기 자신에 대해서 스스로 좋은 질문을 만든다는 것입니다. 올바른 질문을 받아들이지 않은 채, 올바른 답을 찾으려 하기 때문에 우리는 실수를 합니다.

말과 경험을 양쪽에 올려놓은 마음의 저울이 감수력입니다. 감수력은 누군가의 가르침을 받으며 키우는 것이 아니라, 스스로 나 자신의 마음에 물을 주며 키워 가는 것입니다. 그런데 스스로 나 자신을 확인하는 것만이 나를 단단히 할 수 있는 방법이라면, 어떻게 하면 좋을까요?

"귀를 씻어라"라고 말한 사람이 있습니다. 료칸이라는 시인으로, 그의 시 중에 이런 것이 있습니다. 오래전의 시이지만 지금도 우리의 마음을 울립니다.

길을 물으려면
귀를 잘 씻어야 한다
그렇지 않으면 길은 알 수 없다
귀를 씻는 것, 왜 그래야 할까
견지(見地)를 갖지 마라
견지, 그것이 조금이라도 있다면
길에서 벗어날 것이니
나와 같으면 비(非)도 시(是)가 되고
나와 다르면 시(是)도 비(非)가 된다
시비(是非)가 애초에 자기에게 있구나
길은 그런 것이 아니다
장대로 바다 밑바닥을 찌른다
그저 어리석음만을 느낄 뿐

료칸은 18세기 중반에서 19세기 중반까지 살았던 사람으로, 지금도 많은 사랑을 받는 하이쿠 시인 고바야시 잇사와 거의 동시대를 살았던 시인입니다. 솔직하고 청명한 한시를 많이 남겼는데, 그의 시에 깊이 새겨져 있는 것은 한결같이 무심(無心)을 바라는 사람이 삶을 살아가는 자세입니다.

이 한시를 좀 더 풀어서 읽어 볼까요.

길을 배우려면
먼저 귀를 씻어야 한다
그렇지 않으면 길을 알 수 없다
귀를 씻는다는 건 어떤 것일까
선입견을 갖지 않는다는 것이다
조금이라도 선입견이 있다면
길에서 벗어나게 된다
나의 생각과 같으면
그름도 옳음이 되고
나의 생각과 다르면
옳음도 그름이 된다는 것은

옳고 그름의 기준이 처음부터 나에게 있는 것이다
길이란 그런 것이 아니다
(나의 생각만을 말하는 것은)
장대로 바다 밑바닥을 찌르려고 하는 것
참으로 어리석은 자의 본보기 같은 것이다

"귀를 잘 씻어야 한다." 먼저 귀를 씻어라. 귀를 깨끗이 해라. 료칸은 그렇게 단호히 말합니다. '귀를 씻는다'는 것은 귀를 깨끗이 하는 것입니다. 귀를 깨끗이 하는 것은 귀를 맑게 하는 것입니다. 귀를 맑게 하는 것은 마음을 맑게 하는 것입니다. 마음을 맑게 할 수 있어야 합니다. 마음을 탁하게 하는 것은 참으로 어리석은 자이기 때문이다.

옛사람들은 '씻다'라는 말을 아주 중요한 말로 썼습니다. '씻다'라는 말을 단지 행위만이 아니라 사람이 살아가는 모습의 은유로써 소중히 사용했습니다. 마음을 씻는다, 귀를 씻는다, 영혼을 씻는다. 오늘날의 기술 혁신 시대에 우리가 잊어버린 것 중의 하나는 '씻다'라는 말이 상징하는 것 같은, 사람이 살아가는 자세를 지켜 주는 말의 힘이 아닐까요.

인정하고 싶지는 않지만, 세상을 뒤덮고 있는 정보라는 거대한 물결 속에서 놓쳐 버린 것, 놓치고 있는 것은 사실은 그렇게 사람이 살아가는 자세를 지켜 주는 말의 힘인 것 같습니다.

미래는 아직 오지 않았다

불행이라는 것은 말을 믿지 못하게 되는 것입니다. 정보의 시대가 되면서, 말을 늘 믿음직스럽게 만들어 왔던 신중함으로부터 말은 점점 멀어지게 되었습니다.

정보는 말과 아주 많이 닮았지만, 말과는 다릅니다. 정보는 현실의 복제이지만, 말은 현실의 복제가 아닙니다. 말은 개념을 포함하지만, 현실 안에 없는 것이 개념입니다. 그렇기 때문에 정보는 개념을 물리칩니다. 개념은 현실적이 아니기 때문입니다.

말로써 세계를 파악하는 것이 개념입니다. 우리가 되찾아야 하는 것은 어디까지나 모호한 세계를 파악하는, 생생한 개념을 만들어 내는 말의 힘입니다.

과거는 이미 지나갔다
미래는 아직 오지 않았다
또한 현재는 멈춰 있지 않다
이렇게 변해 가는 시간 속에 의지할 것은 아무것도 없다

……

예전의 생각을 고수해서는 안 된다
새로운 식견을 쫓아가서는 안 된다

……

온힘을 다해 무심의 경지에 다다른다면
비로소 지금까지의 잘못을 알게 되리라

이것도 료칸의 시입니다. 료칸이 이 시를 쓰고 150년이 넘는 시간이 흘렀습니다. 그러나 미래는 여전히 오지 않았습니다.

우리에게 필요한 것은 무엇일까요? 말을 믿을 수 있는 것으로 만드는 것, 그것뿐입니다.

7장
독서하는 생물

표지를 찾기 힘든 시대

사람은 기억하는 존재입니다. 여러 가지를 기억하고, 여러 가지를 떠올리고, 또 여러 가지를 잊어버립니다. 의식을 하든 못하든, 우리는 지금 여기에 있는 자신의 위치를 종종 자신이 가진 기억으로부터의 거리로 가늠합니다.

몸은 기억을 담는 그릇 같은 존재인 것이 사람이라는 생물이라고 해도 좋을지 모르겠습니다. 그만큼 기억은 사람이라는 생물에게 중요한 것인데, 기억이란 단단한 고형물 같은 것이 아니라, 각자의 안에서 유연하게 모양을 만들어 가는 것입니다. 기억이란, 바꿔 말하면, 저마다가 기억하는 방법이라고 할 수 있겠지요.

길을 예로 들어 볼까요? 또는 어딘가에 있는 장소도 좋습니다. 우리가 그런 것들을 기억하기 위해서는 기억의 표지로 삼는 것이 있습니다. 길을 묻는 사람에게 우리가 알려 주는 것은 그곳에 다다르기까지 길잡이가 되어 주는 표지입니다. 다리가 될 수도 있고, 공원이 될 수도 있습니다. 또는 신호등이 되기도 하고, 모퉁이를 돌 때의 은행 건물이 되기도 하는 것처럼, 목적지까지 가는 길에는 다양한 표지물이 있습니다.

지금까지 우리는 길을 알려 줄 때 대개 집이나 건물을 표지로 삼아 말해 주었습니다. 그런데 건물이 새로워지고 행정구역이 바뀌고 동네가 재개발되는 것이 당연해진 지금은, 길을 묻는 사람에게 길을 가르쳐 주는 것 하나만 보아도 길잡이가 되어 주는 표지가 나도 모르는 사이에 꽤 사라져 버린 것 같습니다. 옛날부터 늘 있던 가게가 사라지고, 길가에 서 있던 커다란 칠엽수가 잘리고, 개울은 복개되었습니다. 도쿄에는 이름만 남아 있고 강이 없는 다리가 많이 있습니다.

길을 기억하는 법, 또는 장소를 기억하는 법. 그런 것을 기억하는 데에 필요한 확실한 표지, 믿을 수 있는 길잡이가 되었던 것들이 일상의 풍경 속에서 하나씩 하나씩 사라지고 있습니다. 지하도가 그렇습니다. 풍경을 갖지 않는 지하도에서는 지상으로 나오려면 A3이라고 쓰인 출구의 계단을 올라가거나, 어느 어느 빌딩으로 연결된다고 쓰인 출구를 통해서 나갑니다.

표지는 전부 말로 변하고, 온통 기호가 되었습니다. 지상이라면, 해가 비치는 방향을 보고 서쪽인지 동쪽인지 북쪽인지 남쪽인지 대충 시간을 짐작할 수 있지만, 지하도에서는 주변의 풍경이 '지금, 여기'가 어디인지 말해 주지 않습니다. 그렇기 때문에 낯선 동네에 있으면 내가 어디쯤에 있는지 짐작도 가지 않을 때가 있습니다.

기억이라는 것의 실마리가 되는 것은 구체적인 표지입니다. 그런데 지금 우리에게는 무언가를 기억하는 데에 필요한 표지들이 사라져 버린 건 아닐까요? 지금은 정보의 시대이고, 우리는 넘쳐나는 정보에 둘러싸여 있습니다. 그렇지만 넘쳐나는 정보에는 오히려 구체적인 표지가 놀랄 만큼 많이 사라지고 있는 것 같습니다.

기억은 그릇이다

그것을 잘 상징하고 있는 것이 뉴스라는 말입니다. 뉴스의 영어 표기는 NEWS로, N은 북쪽, E는 동쪽, W는 서쪽, S는 남쪽을 뜻합니다. NEWS라는 말 안에 동서남북이 들어 있습니다. 동서남북을 알고, 자신의 위치를 아는 것이 뉴스입니다. 하지만 어떤가요? 뉴스에 의해 자신의 위치를 안다는 것이 미디어의 진화와 함께 쉬워졌는가 하면, 그렇지가 않습니다.

오늘을 상징하는 것은 뉴스가 아니라 정보입니다. 오늘날과 같은 정보 과잉 시대가 초래한 것은 너도나도 자신의 위치를 알기 어려워진 지금 같은 상황입니다. 넘쳐날 정도로 많은 정보에 둘러싸여 있으면서도, 우리는 여전히 정보의 허허벌판 위, 표지도 없는 어딘가에 서 있는 듯한 정처 없는 기분이 드는 것은 정보의 주인공은 어디까지나 정보일 뿐, 여러분도 아니고 나도 아니기 때문입니다.

정보의 말이란 그 말에 의해 나 자신의 위치를 알기 위한 말이 아니라, 그 말에 의해 그때까지 몰랐던 것을 알기 위한 말입니다. 정보의 말은 앞서가는 것이 중요한 말이고, 경쟁하는 말입니다.

정보에서 중요한 것은 그것이 새로운 것인지 아닌지입니다. 그렇기 때문에 정보는 끊임없이 갱신되고 새로워지지 않으면 안 됩니다. 다만 문제는 끊임없이 새로워지지 않으면 안 되기 때문에, 정보는 사람이 무언가를 기억하기 위한 표지가 될 수 없다는 것입니다. 사람의 기억을 위한 표지가 될 수 있는 것은 그 자리에 늘 변함없이 있는 것입니다.

정보의 말을 유지하고 있는 것은 사람이 가지고 있는 기억이 아닙니다. 정보 기기를 유지하는 '메모리'라고 불리는 기억장치가 가지고 있는 기억입니다. 좋은 기억장치 없이는 좋은 정보가 되지 않는 것이 정보입니다. 정보의 말을 유지하는 기억이란 어디까지나 정밀한 기기에 의해서 유지되는 기억입니다. 그런데 불확실한 인간을 대신하여, '메모리'라고 하는 기기가 인간을 위해 확실하게 기억해 줄 수 있을까요? 이건 그렇게 단순한 문제가 아닙니다.

기억의 문제는 그 기억을 어디에 어떤 식으로 저장해 둘 것인가, 다시 말해 기억을 담는 그릇에 관한 문제이기도 하기 때문입니다. 오랫동안 우리의 기억을 담는 튼튼한 그릇이 되어 준 것은 종이였습니다. 그런데 그 종이가 이제는 튼튼하기는커녕 너덜너덜해져 머지않아 못쓰게 되는 상황에 부닥칠 거라고 알려지게 된 것이 그리 오래전의 일이 아닙니다. 산성지라는 종이는 시간이 흐르면 바스러져 버리는 종이입니다.

종이의 표면이 매끄러워지고 잉크가 번지지 않도록 제지 과정에서 황산알루미늄을 첨가했더니, 매우 질 좋은 종이가 만들어졌습니다. 그런데 그런 산성지는 오랜 시간이 흐르는 동안, 공기 중 극소량의 수분으로 황산이 떨어져 나가 언젠가는 종이가 삭아 버립니다. 우리가 가지고 있는 대부분의 책은 그런 근대의 제지 기술이 낳은 산성지에 인쇄된 것입니다.

얼마나 오래갈까

종이는 그저 종이가 아니라 기억을 담는 그릇이기 때문에, 그 종이가 바스러지면 사람의 기억을 담는 그릇도 닳아 없어집니다. 큰일 났다 싶어 그제야 대책이 마련되었습니다. 이렇게 처음에는 문제없다고 생각했는데 언제까지 그대로 유지될지 결과를 알 수 없는 것이 세상에는 결코 적지 않습니다. 기억을 담는 그릇으로, 산성지와 마찬가지로 미래가 위태롭다고 알려진 것에는 마이크로필름이 있습니다.

도서관에 마이크로필름이 도입되어, 국내외 주요 신문을 비롯한 모든 자료가 오래전의 것까지 거슬러 올라가 마이크로필름에 담기게 되었습니다. 그것으로 문제없다고 한 것이 그리 오래되지 않았습니다. 그런데 마이크로필름은 필름이기 때문에 시간이 흐르면 열화합니다. 결국 30년쯤 지나자 필름의 열화가 큰 문제가 되었습니다. 기억장치로서 인간의 기억보다 더 확실하다고 믿었던 그릇이 고작 30년 정도로 위태로워지게 된 것입니다.

테이프도 그렇습니다. 테이프라고 하면 지금은 카세트테이프를 떠올리지만, 카세트테이프가 등장한 것은 1970년 이후로, 그전까지는 테이프라고 하면 오픈릴이라고 불리는 커다란 테이프를 가리키는 말이었습니다. 오픈릴 시대의 테이프는 이제 흔적도 찾아보기 어렵지만, 그 후 온 세상을 얻은 것만 같았던 카세트테이프 역시 언제까지 쓸 수 있을지는 사실 알 수 없습니다. 2010년이나 2020년쯤 되면 카세트테이프 자체가 열화하여 테이프에 담긴 것 대부분은 못쓰게 될 거라고 말하기도 합니다.

레코드도 마찬가지입니다. 레코드 시대에 반기를 들며 1980년대 중반, CD가 새로운 시대를 열었습니다. 그런데 그 CD 역시 몇 년이나 갈지는 예측할 수 없습니다. 20년, 또는 50년이라고도 하는데, 어찌 됐든 앞날이 짧은 유한의 기억장치임은 틀림이 없습니다. 컴퓨터 등에서 쓰이고 있는 플로피디스크 역시 마찬가지로 얼마나 오래갈지는 알 수 없습니다.

20세기 후반, 기기에 의한 기억장치는 무서운 기세로 발전했습니다. 그리고 우리는 표지 따위는 어찌 되든 상관없이, 모든 것을 기계가 기억해 주는 방향으로 나아갔습니다. 지금도 여전히 나아가고 있습니다. 하지만 그런 새로운 기억장치라는 것이 몇 년도 채 가지 못합니다. 게다가 이제 우리 눈앞에는 기억의 표지도, 길잡이도 없는 하루하루의 풍경만이 펼쳐져 있습니다. 그렇기 때문에 더더욱 우리 한 사람 한 사람은 자신의 자리에서 자신의 기억을 만드는 법을 분명히 다져 나가지 않으면 안 됩니다.

이 기묘한 것이 뭘까

톨스토이의 러시아 민화집《바보 이반》에 〈달걀만 한 낟알〉이라는 제목의 짧지만 인상적인 이야기가 실려 있습니다.

"어느 날 아이들이 골짜기에서 달걀만 한 크기의 곡식 알을 닮은 것을 발견했다." 라는 문장으로 이야기가 시작됩니다. 생전 처음 보는 것이라 아이들에게서 그것을 얻은 사람이 왕에게 가져가 팝니다.

왕은 현자들을 불러 놓고 묻습니다.

도대체 이 기묘한 것이 무엇이냐? 달걀이냐? 곡식 낟알이냐?

하지만 아무도 아는 사람이 없습니다. 그런데 그것을 그대로 창가에 놓아두었더니 닭이 다가와 쪼아 먹길래, 곡식알이라는 것을 알게 됩니다.

그렇다면 무슨 곡식알이지? 왕은 현자들에게 도서관에 가서 알아보라고 명을 내립니다. 하지만 도서관에 가 봐도 알 수가 없습니다. "책에는 이것에 대해서는 아무것도 쓰여 있지 않았습니다. 이건 역시 농부들에게 가르쳐 달라고 할 수밖에 없겠습니다." 하고 현자들이 대답합니다.

그래서 왕은 아주 나이가 많은 농부 한 명을 찾으라고 명합니다.

그렇게 해서 찾은 사람은 아주 나이가 많고, 이는 몽땅 다 빠지고, 지팡이도 두 개나 짚어야 하는 노인입니다. 왕은 그 노인에게 달걀 같이 생긴 그것을 보여 주지만, 노인은 눈이 나빠서 잘 보이지도 않고, 귀가 어두워서 질문도 잘 알아듣지 못합니다.

그래도 몇 번이고 물어물어 왕은 겨우 이런 대답을 얻습니다.

"아닙니다. 전 이런 곡식알을 우리 밭에 뿌린 적이 없고, 수확한 적도 없으며 사들인 적도 없습니다. 아무래도 아버지께 여쭤봐야 알 것 같습니다. 아버지라면 어쩌면 들어서 아실지도 모르니까요."

그렇게 해서 온 사람은 조금 전의 아주 나이가 많은 노인보다 훨씬 더 나이가 많은 노인이었는데, 그를 본 왕은 깜짝 놀랍니다. 아들과 달리 지팡이는 하나만 짚었고, 눈도 귀도 불편하지 않았기 때문입니다. 그 노인에게 물어보니, "아닙니다. 저는 이런 걸 뿌린 적도 없고, 수확한 적도 사들인 적도 없습니다. 제 아버지께 한번 여쭤보십시오." 하고 말합니다.

그렇게 해서 아주 나이가 많은 노인보다, 훨씬 더 나이가 많은 노인보다, 훨씬 훨씬 더 나이가 많은 노인이 왔는데, 그를 본 왕은 펄쩍 뛸 만큼 놀랍니다. 그 노인은 지팡이도 없이 허리를 꼿꼿이 펴고 걸었고, 눈도 귀도 밝았으며, 말도 또박또박 했기 때문입니다. 다시 말해, 나이가 들면 들수록 점점 더 건강한 노인이 찾아온 것입니다.

세 번째 노인의 대답

아주 나이가 많은 노인에게도 없고, 그 노인보다 훨씬 더 나이가 많은 노인에게도 없지만, 두 노인보다 훨씬 훨씬 더 나이가 많은 노인이 가진 것은 씩씩한 기개입니다.

세 번째 노인은 왕의 질문에 이런 옛날 씨앗은 본 적이 없다며 아직 튼튼한 이로 낟알을 깨물어 보더니 "아, 그거구나." 하고 말합니다. 자신이 젊었을 때는 이런 곡식알이 어디에나 흔히 있었고, 늘 이것을 먹고 살았다고 합니다. 직접 씨를 뿌리고 수확도 하고 타작도 했다는 것입니다.

노인은 말합니다.

"우리의 밭은 하느님의 땅이었습니다. 어디든 가래질을 하면 그곳이 밭이 되었습니다. 땅은 누구의 것도 아니었습니다. 내 땅이라는 말이 없었습니다. 내 것이란 오로지 내가 일한 것만을 말했습니다."

왕은 정말로 궁금했던 두 가지를 노인에게 물어봅니다.

첫째, 어째서 옛날에는 이렇게 큰 곡식알이 있었는데 지금은 없는 것인가.

둘째, 당신의 손자는 지팡이 두 개로 걷고, 당신의 아들은 하나로 걷는데, 당신은 지팡이 없이도 편하게 걸을 뿐만 아니라, 눈도 밝고 이도 튼튼하고 말도 또박또박한다. 어째서 당신은 그렇게 튼튼한 것인가.

그 질문에 세 번째 노인이 답하면서 이 이야기는 끝이 납니다.

"그건 사람들이 더 이상 스스로 일하며 살지 않게 되었기 때문입니다."

새로운 세대가 될수록 눈은 더 나빠지고 이는 더 약해지고 다리도 못 쓰게 되는 것입니다. 어째서 이런 역설적인 일이 벌어지는 것일까요? 왕은 이해할 수가 없습니다. 현자들도 알 수 없습니다. 누구에게 물어봐도 아는 사람이 없습니다.

그런데 이 '알 수 없다', '모른다'라는 것은 사실 사람들의 기억이라는 것과 관계가 있습니다. 그것이 수수께끼라는 것은, 그 수수께끼에 답을 할 수 있을 만큼의 기억을 가지고 있지 않기 때문입니다.

기억의 표지

나이를 아주 많이 먹은 세 번째 노인이 물음에 답할 수 있었던 것은 머리가 좋아서가 아닙니다. 그 물음에 답할 수 있을 만큼의 기억을 풍부하게 갖고 있었기 때문입니다. 3대 전으로 거슬러 올라가, 3대 전의 사람이라면 자신의 기억의 서랍에서 대답을 꺼내 올 수가 있었습니다.

나이를 아주 많이 먹은 3대 전의 노인은 그 낟알이 무엇인지 그 기억을 자신의 마음속에 가지고 있었던 것입니다. 그런 기억이 하는 일들을 우리가 잃어 가고 있지는 않은지, 톨스토이는 짧은 이야기 속에서 선명한 어조로 쓰고 있습니다.

요즘 시대에 민화라니, 하고 생각할지도 모르지만 그렇지 않습니다. 중요한 것은 우리가 기억의 작용을 자신의 것으로, 건강한 마음의 작용으로 가질 수 있는가 없는가입니다. 오늘날 어마어마한 힘을 보이는 기술혁신의 세태는 그런 기억의 방법들을 억지로 밀어내 버렸습니다.

민화이니까 황당무계한 이야기처럼 보이겠지만, 이 이야기의 핵심은 기억의 표지가 사람이 현재를 살아갈 수 있게 한다는 것입니다. 기억의 표지가 있기 때문에, 무엇과도 바꿀 수 없는 자신의 기억을 끄집어낼 수 있는 것입니다. 그리고 그렇게 분명히 되살아난 기억에서 하루하루에 필요한 이야기가 만들어집니다.

새로운 이야기가 이야기에 필요한 전부가 아닙니다. 오히려 나이가 들면 들수록 몸은 더 튼튼해지고 기억은 더 또렷해집니다. 톨스토이가 이 작은 민화에서 말하고 있는 것은 진보만으로 이루어지는 문명에 대한 통렬한 역설입니다.

마음껏 원하는 대로 하다가 끝내는 우리를 풍요롭게 해주는 기억의 표지를 하나하나 잃으며 살아왔다는 것을 그제야 깨닫지만, 이제는 이쪽을 봐도 아무것도 없고 저쪽을 봐도 아무것도 없다는 사실에 당황해하고 있습니다. 그리고 그것이 우리 눈앞에 와 있는 현재라는 시간인 것 같습니다.

톨스토이는 오래되었다고, 《바보 이반》 같은 건 고리타분하다고 생각할지도 모르지만, 한편으로 생각하면, 문명에 대한 평형추로 이런 톨스토이의 이야기가 전해 주는 역설적인 진실이 우리에게 필요해진 것은 아닐까요?

《바보 이반》이 일본에 처음 소개된 것은 1932년입니다. 제가 갖고 있는 책이 1994년에 나온 69쇄이니까 대략 1년에 한 번씩 중판되어 지금까지 쭉 읽혀 온 셈입니다. 그런 의미에서 보면 이 《바보 이반》이라는 책 자체가 기억의 표지가 되는 한 권의 책이라고 말할 수 있습니다. 책의 입장에서 보면, 기억의 표지가 되는 것보다 더 바람직한 모습은 없습니다.

마음속에 갖고 있는 문제

기억의 표지는 사람이 마음속에 갖고 있는 문제와 관계가 있습니다.

나 자신의 말을 찾았다, 그런 생각이 남아 있는 시간과 장소가 사람에게 기억의 표지가 되는 것입니다. 그리고 자신의 말을 찾는다는 것은 자신의 마음속에 갖고 있는 문제를 지금, 여기서, 스스로 확인하는 것이기 때문입니다.

독서란 사실은 책을 읽는 것이 아닙니다. 독서라는 것은 스스로 말과 사귀는 것입니다. 스스로 말과 사귀면서, 우리는 우리 자신의 기억을 확인해 왔습니다.

기억을 확인한다는 것은 나 자신이 어떤 장소에 있고, 어떤 곳에 서 있는지, 즉 동서남북을 안다는 것입니다.

마음속에 갖고 있는 문제가 있습니다. 우리 마음속에, 말로는 할 수 없는, 또는 말로는 표현할 수 없는, 좀처럼 형태를 이루지 못하는 문제입니다.

그것은 말로는 분명히 나타낼 수 없고, 형태도 확실히 알 수 없지만, 그곳에 문제가 있다는 것은 분명히 느낄 수 있고 자각하고도 있습니다. 그런 마음속에 갖고 있는 문제를 스스로 자기 자신에게 똑바로 가리킬 수 있는지 없는지, 그것이 사람이 말과 얼마나 깊이 사귈 수 있는지를 결정한다고 생각합니다.

스스로는 좀처럼 깨닫지 못합니다. 실제로 있는 어떤 말을 써서, 그 말로 무언가를 표현하려고 하지만, 아무리 애를 써도 그 말로는 표현할 수 없고, 그 말로는 단언할 수 없고, 그 말 바깥에 남게 되는 무언가가 있다는 느낌이 듭니다. 그런 느낌을 헤쳐 나오는 동안, 자신의 마음속에 있는 문제를 발견합니다.

그렇게 말로 표현할 수 없고, 형태를 만들기 어렵지만, 분명히 그곳에 있다고 느껴지는 문제를 하나씩 하나씩 자신의 마음속에서 발견해 가는 것이 사람이 성장하는 것이고, 나이를 먹는 것이라고 저는 생각합니다.

말하자면, 자신의 마음속에 가지고 있는 문제의 개수가 그 사람의 나이와 같은 것이 아닐까요? 거꾸로 말하면, 나이란 그 사람이 자신의 마음속에 가지고 있는 문제의 개수와 같다고 생각합니다.

그런데 '말로 표현할 수 없는 것이 있다', 이 말은 어쩌면 말이란 표현이 아닌 게 아닐까 하는 생각이 들게 합니다.

말은 표현이 아니다

보통 말은 표현이라고 생각합니다. 그러나 사실은 그렇지 않고, 말은 오히려 아무리 해도 표현할 수 없는 무언가를 전달하는 커뮤니케이션의 역할을 하는 것이 아닐까, 하는 생각이 듭니다.

말이란 그 말로 전하고 싶은 것을 전하는 것이 아니다, 오히려 그 말을 써서, 그 말로는 전할 수 없었던 것, 말로는 표현할 수 없었던 것, 아무리 애를 써도 남게 되는 것, 그런 것을 동시에 그 말을 통해 전하려고 하는 것입니다.

똑같은 하나의 말이라도 그 말이 누구에게나 똑같은 의미를 갖는 것은 아닙니다. 예를 들면, '사회'라는 말이 그렇습니다. 자동차를 가리키며 "이것은 자동차입니다."라고 하고, 소나무를 보며 "이것은 소나무입니다."라고 합니다. 하지만 '사회'는 그런 식으로는 말할 수 없습니다.

"이것은 사회입니다."라고 무언가를 가리키면서 말할 수 없는 말이 있습니다. 그런 말은 각자가 자신의 마음속에 그리고 있는 것에 의해 표현되는 말입니다.

그렇기 때문에 그것은 저마다 다릅니다. 그러면서 또

한 똑같은 하나의 말입니다. 그 말에 의해 자신의 마음속에 그려진 것을 전합니다. 그리고 동시에 그 말을 통해 표현하기 어려운 것, 어려웠던 것을 전합니다. 그런 식의 커뮤니케이션을 소중히 하지 못한다면, 무언가 소중한 것이 우리도 모르는 사이에 사람과 사람 사이에서 빠져나가게 됩니다.

독서의 커뮤니케이션

커뮤니케이션이라고 하면 정보를 얻고 교환하는 것이라고 생각하기 쉽지만, 사실 정보와 커뮤니케이션은 비례가 아니라 반비례하는 성질을 가지고 있습니다.

정보가 늘어나면 늘어날수록, 커뮤니케이션은 반대로 줄어듭니다. 또는 얕아지고 작아집니다. '모르면 대화가 안 된다'라는 말이 있듯이, 정보는 그것을 '알고 있는 사람'과 '모르는 사람'으로 나누어 버립니다. 정보는 양쪽 다 알고 있지 않으면 대화가 되지 않는 디스커뮤니케이션의 상황을 만들어 버리는 것입니다.

커뮤니케이션은 정보에 의해 대체될 수 없다. 그것을 가장 대조적으로 보여 주는 것이 바로 독서의 커뮤니케이션입니다.

독서란 어떤 커뮤니케이션일까요? 독서의 커뮤니케이션이란 말의 커뮤니케이션입니다. 말의 커뮤니케이션이란 답이 정해져 있는 것, 이런 문제가 있고, 그에 대한 답이 있는, 즉 모범 답안이 있는 커뮤니케이션과는 다릅니다.

그와는 반대로, 답이 정해져 있지 않은 것, 또는 답이라는 것 자체가 없는 것, 답은 없지만 물음이 있고, 그 물음은 또 다른 물음을 부르고, 물음을 찾지만 답을 찾지는 않는 것, 어떤 의미에서 보면 결론을 구하지 않는 커뮤니케이션, 그것이 바로 말의 커뮤니케이션이라고 생각합니다.

그렇기 때문에 독서란 답을 찾기 위해 읽는 것이 아닙니다. 그저 한결같이 읽습니다. 찬찬히 읽습니다. 천천히 읽습니다. 귀를 맑게 하듯, 마음을 맑게 하여 말을 읽어 내려가는 것만이 독서의 커뮤니케이션이라고 저는 생각합니다.

말로는 전할 수 없는 것이 있습니다. 말로는 표현할 수 없는 것이 있습니다. 분명히 느껴지지만 아무리 해도 말이 되지 않는 것, 말이 되지 못한 채 남게 되는 것이 있습니다. '무언가'라는 말로밖에는 표현할 수 없는 무언가가 있습니다.

말에서부터, 또는 말에 의해서, 그런 침묵, 그런 무언, 그런 공백을 스스로 적극적으로 받아들일 수 있는 기회를 만드는 커뮤니케이션을 소중히 하고 싶습니다.

그런 침묵, 그런 무언, 그런 공백이 이루고 있는 것이 우리 각자가 마음속에 갖고 있는 문제이고, 잃어버려서는 안 되는 기억의 분명한 표지이기 때문입니다.

하고 싶은 말을 한다고 서로를 알 수 있는 것이 아닙니다. 무엇을 어떻게 말해도 제대로 말할 수 없는, 말로는 전해지지 않는, 서로 알 수 없는 것에서부터 시작해, 자신의 마음속에 있는 문제를 버리지 않습니다. 말을 술술 사용하는 것이 말과 친한 것이 아닙니다.

독서라는 커뮤니케이션은 마치 테니스를 치듯 서로가 마주 보며 말을 던지는 것이 아닙니다. 스포츠를 예로 든다면, 테니스와 비슷하지만 테니스와는 전혀 다른 스쿼시 경기 같은 것입니다.

서로가 같은 방향을 보면서 벽을 향해 공을 던지는 경기. 벽을 향해 있는 힘껏 내가 던진 공이 상대방 쪽으로 돌아옵니다. 그다음에는 또 상대방이 벽을 향해 던진 공이 나에게 돌아옵니다. 스쿼시의 그 벽이라는 것이 어쩌면 우리가 가진 말, 그리고 우리에게 책이라는 존재가 아닐까 생각합니다.

잊고 싶지 않은 것, 분명히 하고 싶은 것은 하나입니다. 인간을 '기억하는 생물'로 만들고, 또 만들어 온 것은 인간이 '독서하는 생물'이라는 것입니다.

8장
읽고 싶지 않은 말

이제는 책을 읽는 시대가 아니다?

고향은 멀리 있어 생각하는 것
그리고 슬프게 노래하는 것

가나자와가 고향인 무로 사이세의 〈소경이정(小景異情)〉이라는 유명한 시의 첫 구절입니다.

고향이라는 이미지를 새겨 넣은 이 시구는 일본에서 많은 사람들의 사랑을 받으며 여러 곳에 인용되어졌습니다. 그렇다면 이렇게 많은 사람에게 알려진 시구는 우리에게 정보의 말일까요? 아니면 독서의 말일까요?

시를 읽습니다. 그리고 "고향은 먼 곳에 있어 생각하는 것"이라는 구절을 외우고 기억합니다. 그것은 '읽는 것' 즉, 독서입니다. 그리고 또 한편으로, 이 시가 일본 근대의 고향을 떠난 수많은 사람들의 심정을 노래한 무로 사이세의 시라는 것, 그것은 '아는 것' 즉, 정보입니다.

정보라는 말이 시대의 기치처럼 사용된 지는 꽤 오래되었습니다. 정보를 표현하는 말에는 특징이 있는데, 그 대부분은 미래형으로 표현되고 있다는 것입니다. 예를 들면

"앞으로의 시대에 가장 요구되는 것은 개방된 정보다."라는 것처럼 말입니다. 이렇게 '앞으로'라는 말을 하기 위해 쓰이는 말이 정보입니다.

반대로 독서를 둘러싼 말들은 왠지 과거형으로 표현되고 '지금까지'를 나타내는 말에 머물러 있는 것 같습니다. "이제는 더 이상 독서의 시대가 아니다."라는 것처럼 말입니다. 하지만 그런 식으로 독서와 정보를 '지금까지'와 '앞으로'라는 문맥으로 말하려고 하면 문제가 생깁니다.

정보나 독서의 모습이 앞으로 어떻게 되는지가 중요한 것이 아닙니다. 중요한 것은 처음부터 정보란 무엇이고, 독서란 무엇인지, 지금, 여기서, 새롭게 밝히는 것입니다.

언젠가 신문의 독자 투고란에서 아주 흥미로운 글을 읽은 적이 있습니다.

어느 결혼한 여성이 투고한 글인데 대충 이런 내용입니다. 그녀의 남편은 책을 아주 좋아해서 툭하면 책을 사 오지만, 전혀 읽지는 않습니다. 그냥 쌓아 두기만 할 뿐 읽지 않으니까 집에 책이 넘쳐난다는 것입니다. 그런데 그녀는 남편이 사 온 책은 읽은 적이 없습니다. 책을 많이 읽는 편이지만 읽을 때는 도서관에서 빌려 와서 읽습니다. 말하자면, 남편은 책을 사지만 읽지는 않고, 그녀는 책을 사지는 않지만 읽는다, 라는 것입니다.

남편은 직장에서 전근이 잦은 탓에 이사도 자주 하는데 그때마다 제일 번거로운 물건이 책입니다. 부피는 크고 무게도 엄청납니다. 다른 어떤 육중한 가구보다 책이 더 무겁습니다. 그래서 이 여성은 이사할 때마다 생각에 빠진다고 합니다. 읽지도 않는 책을 왜 이사할 때마다 일일이 옮겨야 하는 거지, 하고 말입니다.

'키움'의 문화와 '나눔'의 문화

이 투고에는 독서에 대한 재미있는 물음이 숨겨져 있습니다. 이 여성의 남편처럼, 사 와서 읽지 않는 책은 무엇을 위한 책일까요?

한때 '쓴도쿠(積讀)'라는 말이 유행한 적이 있습니다. 읽지 않고 쌓아 놓기만 했는데도 왠지 그 책을 읽은 것 같은 기분이 든다는 말입니다. 책을 산다는 것은 그 책을 사고 싶은 마음이 들었기 때문에 사는 것입니다. 그런 마음이 들어서 책을 사는 것은 그 안에 담겨 있을 것 같은 정보를 얻고 싶기 때문에, 다시 말해 정보로서의 책을 원하는 것입니다. 그런데 정보의 가치는 정보를 손에 넣는 것에 있기 때문에, 일단 손안에 들어오면 마음이 놓입니다. 그런 이유로 책을 사 옵니다. 하지만 읽지 않습니다.

그런데 이 글을 투고한 여성이 책에 바라는 것은 어디까지나 독서를 위한 독서입니다. 그렇기 때문에 굳이 책을 소유하지 않아도 괜찮은 것입니다.

이 여성은 책을 읽고 머릿속에, 또는 마음속에 남기는 방식으로 독서를 하기 때문에 책이 장소를 차지할 일이 없습니다. 짐이 되지도 않습니다. 둘이 함께 살지만, 한 사람은 책은 있지만 읽지는 않고, 또 한 사람은 책은 없지만 읽습니다. 마치 한 사람은 정보의 문화를 대표하고, 또 한 사람은 독서의 문화를 대표하고 있는 것 같습니다.

비유해서 말하자면, 독서는 귤나무 같은 것입니다. 그리고 정보는 그 귤나무에 열리는 열매 같은 것입니다. 열매는 나무에서 따서 다른 곳으로 가져갈 수 있습니다. 또는 독서를 씨뿌리기에 비유한다면, 정보는 그 수확물입니다. 수확물도 다른 곳으로 가져갈 수 있습니다. 그러나 움직이지 않고 그 자리에 있는 것은 귤나무이고 밭입니다. 독서란 그렇게 사람의 마음속에서 열매를 맺는 나무, 씨를 뿌리는 밭과 같은 것입니다.

오늘날 우리의 생활을 유지하고 있는 시스템을 대충 생각해 보면, 물건을 생산하고 제조하고, 그렇게 생산되고 제조된 물건이 물류를 통해 유통되어 하루하루의 토대를 만들고 있다고 할 수 있습니다. 그것에 빗대어 생각해 보면, 독서란 생산이나 제조와 비슷합니다. 그리고 정보는 물류나 유통과 비슷합니다.

독서가 생산이나 제조와 비슷하다는 말은, 예를 들어 씨를 뿌리고 나무를 키우는 데에는 반드시 필요한 것이 있다는 것입니다. 그것은 노력입니다. 나무를 키우는 데에 충분한 노력을 들이지 않으면 수확은 기대할 수 없습니다.

그런데 사람이 물건을 얻으려고 하는 것은 그것을 향유하기 위해서입니다. 그렇기 때문에 물류와 유통의 기본은 자유롭게 즐기고 누릴 수 있기 위한 사람들의 요구에 얼마만큼 어떻게 대응할 수 있는가입니다.

그 둘을 비교해 보면, 독서의 핵심을 이루는 것은 노력입니다. 정보의 핵심을 이루는 것은 향유입니다. 독서는 개별적인 시간을 만들어 내고, 정보는 평등한 시간을 함께 나누는 평등의 기회를 만들어 냅니다. 다시 말해, 독서와 정보는 얼핏 보면 매우 닮은 것 같지만, 닮았으면서도 다른 것입니다. 독서는 정보의 도구가 아니고, 정보가 독서를 대신할 수도 없기 때문입니다.

간단히 말하면, 독서는 '키움'의 문화입니다. 그에 비해, 정보란 본질적으로 '나눔'의 문화입니다.

정보로서의 독서가 만들어 내는 것

20세기가 끝나갈 무렵부터 우리 사회의 모습을 크게 뒤흔든 것은 기술혁신의 큰 물결입니다.

우리의 생활양식과 문화 환경은 기술혁신 속에서 생각지도 못했던 변화를 겪으며 모든 것이 크게 달라졌습니다. 하지만 가만히 생각해 보면 모든 게 변한 것이 아니라, '나눔'의 문화가 근본적으로 변한 것입니다.

예를 들면 편의점이 그렇습니다. 1990년대 초반만 하더라도 편의점은 지금처럼 어디서나 볼 수 있는 것이 아니었습니다. 그런데 지금은 전국 방방곡곡의 일상생활을 나타내는 살아 있는 말이 되었습니다.

편의점은 지금 우리의 일상을 이루고 있는 '나눔'의 문화를 떠맡고 있습니다. 편의점에 있는 것들은 채소 가게

나 생선 가게에 있는 것과는 달리, 모든 것이 완성된 물건, 이미 만들어진 물건입니다.

편의점이 대표하는 것은 완성된 물건, 만들어진 물건을 나눈다는 문화의 형태입니다. 편의점(convenience store)의 convenience는 원래 편리, 편익, 편의라는 의미의 말로, 그런 편리, 편익, 편의를 뜻하는 convenience를 어떻게 얼마만큼 우리에게 가져올 수 있을까, 그것이 바로 '나눔'의 문화의 핵심입니다.

일상에서뿐만 아니라 정치나 경제에서도, 예를 들면 GATT(관세와 무역에 관한 일반협정) 교섭 등에서도 중심 과제는 언제나 '나눔'의 문화에 대한 문제입니다.

국경을 넘어서 희망을 기대하며 주고받는 이야기는 대개 '나눔'의 문화의 미래에 대해서입니다. 하지만 '키움'의 문화에 대한 문제라면, 농산물을 둘러싼 문제가 그렇듯이 이제는 골치 아픈 문제밖에 남아 있지 않습니다.

이렇게 지금의 사회는 '키움'의 문화를 키울 수 없게 되어 버렸습니다. 21세기가 되면서, 지금까지 쭉 기술문명에 의해 유지되어 온 우리 사회는 '나눔'의 문화가 미래와 가능성을 얻게 된 것과는 반대로, '키움'의 문화는 고난과 쇠퇴를 얻게 되었다는 사실과 직면하게 된 것입니다.

어디나 똑같은 풍경

시장 사회에서 경제의 힘이 약하다는 표현이 있습니다. 그런 상투적인 표현도 원래 '키움'의 문화인 제조업이 약해진 상황을 가리켜 말하는 표현입니다.

또 흔히 쓰이는 '산업 공동화'라는 용어는 생산 거점이 해외로 옮겨간다는 것을 의미하는 말로, 여기서 말하는 '공동(空洞)'이라는 것도 생산 거점, 즉 '키움'의 문화의 거점을 잃게 된다는 것을 뜻합니다.

예전에 쌀 수입을 둘러싸고 무척 시끄러웠을 때도 마찬가지입니다. 문제가 된 것은 쌀을 어떻게 '키울 것인가'가 아니라 어떻게 '나눌 것인가'였습니다. 일본 경제에서 '키움'의 문화를 가장 잘 대표해 왔던 쌀조차도 '나눔'의 문화에서는 예전처럼 중요하게 여겨지지 않게 된 것입니다.

'키움'의 문화와 '나눔'의 문화는 그것을 근거로 하는 것부터 다릅니다. '키움'의 문화의 기본은 개성입니다. '나눔'의 문화의 기본은 평등입니다. 그리고 지금 세상에 널리 퍼져 있는 것은 평등 문화의 풍경입니다.

예를 들면 공항의 풍경이 그렇습니다. TV 뉴스 등에서 공항이 나올 때, 그 공항의 이름이나 주변 풍경이 보이지 않으면 그곳이 나이로비 공항인지 캘거리 공항인지 싱가포르 공항인지 구별하기는 쉽지 않을 것입니다. 세계 어느 공항이든 풍경은 다들 비슷비슷합니다. '나눔'의 문화가 가져온 평등화는 어디나 다 똑같은 풍경을 만들어 왔습니다.

'나눔'의 문화란 지극히 평등하지만, 또한 지극히 획일적이기도 합니다. 패스트푸드점이나 체인점 등은 어느 지점이나 똑같음을 원칙으로 하는 매뉴얼에 따라 사람들의 생활 속에 밝고 평등한 공간을 만들어 왔습니다. 또한 그런 평등의 기회를 통해 갖가지 물건과 다양한 시간을 누구나 얻고 즐길 수 있게 된 것도 사실입니다.

다만, 어디서나 똑같은 것을 얻을 수 있다는 것은 어디를 가더라도 그곳만의 독자적인 것이 사라졌다는 것이기도 합니다. 하루하루의 풍경 속에서 사라진 것은 그 물건, 그 장소, 그 시간이라고 하는 개성을 느끼게 해 주는 풍경입니다.

음악으로 상징되는 문화

기술혁신이 가져다준 밝은 평등에 의해, 우리가 무엇을 얻고 무엇을 잃었는지를 가장 극적으로 체험할 수 있었던 것이라면 음악의 향유가 아닐까 생각합니다.

20세기에 들어와, 음악을 향유하는 방법만큼 '나눔' 문화의 발전을 생생히 보여 주는 것은 없습니다.

겨우 백 년 전만 하더라도 음악을 들으려면, 라이브 연주 말고는 마음속의 귀로 들을 수밖에 없었습니다. 다시 말해 악보를 읽으면서 마음속의 귀로 그 음악을 들을 수밖에 없었던 것입니다.

그랬던 음악을 20세기 대중문화의 꽃으로 만든 것은 음악을 즐기는 방법을 근본적으로 바꾼 기술혁신이었습니다. 그 때문에 그때까지 대단히 특권적인 언어였던 음악이 완전히 대중적인 언어가 된 것입니다.

'나눔' 문화의 부산물이라고 해도 좋을 20세기의 음악문화만큼, 이 시대 문화 양식의 변화를 가장 잘 보여 주는 것은 없을지도 모릅니다.

20세기에 음악을 향유하는 법은 기술혁신이라는 은혜를 입으며 다른 어떤 것보다 빠르게 변화했습니다. 대중 음악은 20세기라는 시대가 낳은 대중예술이지만, '나눔'의 문화가 가진 '향유'라는 특징을 훨씬 더 단적으로 보여주는 것은 오히려 클래식 음악입니다.

음악에서 말하는 기술혁신은 전부 '나눔' 문화의 기술혁신이었습니다. 가장 결정적이었던 것은 말할 것도 없이 레코드의 등장으로, 1902년에 미국에서 새로운 산업으로 레코드 회사가 최초로 생겼고, 그 5년 후 1907년에 일본에도 생겼다고 하니, 레코드는 그야말로 20세기라는 시대의 소리를 그대로 담은 것이라고 할 수 있습니다.

음악이란 원래 전형적인 '키움'의 문화입니다. 그러나 20세기라는 시대의 레코드가 낳은 것은 '나눔'의 문화로서의 음악입니다.

레코드는 1차 세계대전 후에는 SP로, 2차 세계대전 후에는 LP로, 그 후 냉전 시대가 되면서 스테레오로 변해갔습니다. 그 후, 60년대에는 스테레오와 겹치면서 오픈릴 테이프가 나왔다가, 70년대에 폭발적으로 카세트테이프가 퍼지더니, 80년대가 되자 녹음 기술이 아날로그에서 디지털로 바뀌면서 CD가 등장했습니다. 그리고 이제는 CD가 마지막일 거라고 생각했는데, 그걸 뒤엎기라도 하듯 MD가 나왔습니다.

그리고 90년대에 들어서자 인터넷에 의해 음악도 새로운 국면을 맞이하게 되었습니다. 이렇게 기술 발전이 변화시켜 온 음악의 미래는 예측할 수 없고 불안정한데, 이런 모든 것이 '나눔'의 문화를 말해 주고 있는 것입니다.

일찍이 LP 레코드가 전성기를 구가하던 때는 최고의 오디오 재생 장치를 가지려고 서로 경쟁하기도 했습니다. 하지만 그 후 CD라는 새로운 '나눔'의 문화 장치가 나오게 되면서 더 이상 그런 자랑을 할 필요가 없어졌습니다. 다시 말해, CD라는 기술혁신으로 인해 고가의 기기가 없어도 아무 불편함 없이 누구나 음악을 향유할 수 있게 되었고, 그렇게 점점 평등화가 진행된 것입니다.

'나눔'의 문화가 가져야 할 풍요로움

CD는 마치 Citizens Democracy의 약자가 아닐까 하는 생각이 들 정도로 음악 향유의 시대를 펼쳤습니다. 디지털화라는 개방된 기술 덕분에 CD는 놀라우리만큼 풍부해진 음악 소프트를 우리에게 가져다주었습니다.

좋은 음원이 있으면 CD가 가능합니다. 어떤 음도 깨끗이 담을 수 있는 특성을 가진 CD는 빌헬름 푸르트벵글러가 지휘하는 전설적인 명연주 같은 클래식 음악의 환상적인 연주를 많이 되살렸습니다.

CD는 음악이 가진 풍요로움을 누구나 실감하고 즐길 수 있게 했습니다. CD의 출현으로 음악 세계가 뒤집혔다는 말이 아닙니다. 그런 말이 아니라, '나눔'의 문화 그 자체라고 할 수 있는 CD가 되살려 놓은 풍요로운 음악들은 지난 백 년 동안 레코드가 꾸준히 만들어 낸 수많은 음악 소프트의 축적과 유산이 없었더라면 존재하지 않았을 거라는 말입니다.

책을 예로 든다면, 좋은 사전 하나를 만들기 위해서는 긴 시간이 필요합니다. 일본의 대표적인 국어사전 중 하나인《고지엔》의 경우도 초판까지 20년, 2판까지 또다시 14년이 걸린 것처럼, 사전이라는 '키움'의 문화를 잘 숙성시킨 것은 시간입니다. 지금은 아주 쓰기 편한 고지엔 전자사전까지 나와 있지만, 그런 새로운 형태의 '나눔'의 문화가 나오게 된 것도 처음에 만들어진 활자본 사전에 생생한 시간의 축적과 유산이 갖춰져 있기 때문입니다.

그것이 바로 '나눔'의 문화가 가져야 할 풍요로움의 비밀입니다. '키움'의 문화가 풍요롭기 때문에, 새로운 기술

혁신이 이끌어 가는 '나눔'의 문화가 풍요로워지는 것입니다. 그런 의미에서 보면, 오늘날 '나눔'의 문화가 융성해지는 속에서 생기는 문제는 '키움'의 문화가 가진 매력이 완전히 사라지려 하고 있다는 것입니다.

책의 세계에서도 마찬가지입니다. 책이란 것이 개개인의 독서를 위한 것이 아니라 정보의 데이터를 얻기 위한 것이 되면서, 우리는 독서라는 친숙한 습관을 하루하루 잃어 가고 있습니다.

습관으로서의 독서는 책을 읽는 사람을 만들어 내고, 정보로서의 독서는 책을 읽지 않는 사람을 만들어 냅니다.

'축적'의 문화가 필요하다

향유는 원하지만 노력은 원하지 않게 되면서, 우리 사회는 '나눔'의 문화에는 강해지고 '키움'의 문화에는 약해진 풍경과 직면하게 되었습니다.

정보 시대라는 이미지로 감싸인 사회는 그 중심이 어디까지나 '나눔'의 문화이기 때문에 '키움'의 문화에는 아무래도 소홀해지게 마련입니다. 이 나라가 정보 사회로서 '나누는' 힘을 키우는 반면, 교육 사회로서 '키우는' 힘을 잃게 된 것은 어떤 의미에서 보면 당연한 결과입니다.

그렇기 때문에 더더욱 '키움'의 문화와 '나눔'의 문화를 연결하는 것에 대해서 생각해야 합니다. 연결하는 것이라기보다는 연결하는 힘이라고 하는 편이 좋을지도 모릅니다.

농작물을 예로 들면, 키운 작물을 시장에서 나누기 위해서는 각각의 수확물을 집하장이나 창고에 축적해 둬야 합니다. 그렇게 축적해 두는 것에서 물류가 시작됩니다. 다시 말해, '키움'의 문화와 '나눔'의 문화 사이에는 또 하나 연결하는 힘, 즉 연결하는 문화가 있습니다. 그것이 '축적'의 문화입니다.

'축적'은 '키움'의 문화에 없어서는 안 되는 것이지만 '나눔'의 문화에도 필요한 것입니다. 다만 '축적'이라는 문화의 역할은 눈에 잘 띄지 않기 때문에 얼핏 봐서는 잘 보이지 않습니다. 하지만 어떤 시대에도 사회의 역량을 좌우하는 것은 사실은 보이지 않는 문화의 힘입니다. '축적'의 문화가 풍요로운 사회는 저력이 강하고, '축적'의 문화가 빈곤한 사회는 저력이 약합니다. 아마 이렇게 말해도 틀리지 않을 것입니다.

'축적'의 힘은 키우지 않고, 늘 그때그때 눈앞에 닥친 것만 해결하면서 '축적'의 문화를 소홀히 한 결과, 지금 이 시대는 '나눔'의 문화는 강해졌지만 '키움'의 문화는 약해진 것이 아닐까요?

지금 우리에게 필요한 것은 '축적'의 힘이라는 또 하나의 시점에서, '키움'의 문화와 '나눔'의 문화가 균형을 잃은 모습을 똑바로 바라보는 것입니다.

왜냐하면 '축적'의 문화 없이 문명은 없기 때문입니다. 그것을 잘 보여 주는 것이 고대 이집트의 알렉산드리아 문명입니다. 알렉산더 대왕의 꿈을 실현시켰다는 알렉산드리아 도서관은 50만 권의 장서를 자랑했다고 하는 전설의 도서관으로, 장대한 문명의 중심을 이루었다고 일컬어지는 도서관이기도 합니다.

알렉산드리아 도서관의 교훈

온 세상의 뛰어난 지혜를 담은 책들을 모았다고 하는 알렉산드리아 도서관은 무엇을 위해 만들어졌을까요?

역사가들은 보편성을 향한 꿈을 실현하려는 시도였다고 말하지만, 도서관이란 그야말로 '축적'의 문화 그 자체이고, 그 '축적'의 문화가 알렉산드리아 문명의 활력소가 된 것입니다.

하지만 알렉산드리아는 결국 멸망합니다. 그리고 그 알렉산드리아 멸망의 상징이 된 것도 전설의 알렉산드리아 도서관입니다.

알렉산드리아의 멸망과 함께 도서관 역시 흔적도 없이 사라져 버린 지금, 그곳에는 돌멩이 하나 남아 있지 않습니다. 그 방대한 장서는 어디로 사라졌을까요?

이런저런 추측 중에는 터무니없는 항설도 있어, 이집트를 정복한 아랍 장군의 명령으로 도서관의 책이 모조리 알렉산드리아의 공중목욕탕 연료로 사용되었는데, 그 양이 너무나 많아서 다 태우는 데 6개월이나 걸렸다는 이야기도 있습니다.

'축적'의 문화를 없애는 것은 '소비'의 문화입니다. 더 정확히 말하면 '소비'뿐인 문화입니다.

고대 알렉산드리아의 풍요로운 '축적'의 문화는 책을 고작 목욕탕의 땔감으로 '소비'함으로써 완전히 무로 돌아간 것입니다. 이 이야기가 사실인지 아닌지는 별개로, 알렉산드리아 도서관을 둘러싼 항설이 후세에 전해 주는 것은 '축적'의 문화의 소실은 곧 문명의 소실과 같다는 것입니다.

실제로 어떤 시대든 '축적'의 문화를 지켜 온 것은 도서관의 사상입니다. 오래전 일본의 승려들은 불전을 구하러 아득히 먼 티베트까지 길고도 고된 길을 떠났습니다. 그것은 그저 승려 개인의 신앙을 갈고닦기 위한 여행은 아니었습니다. 무엇을 위해 그렇게 험난하고 오랜 여행을 떠났을까요? 많은 이들이 도중에 쓰러지면서도 포기하지 않았던 것은 불전에 실린 불변의 지식을 가져와 절에 '축적'하기 위해서입니다. 말과 지식을 '축적'하는 것이 신앙의 깊이를 다지는 토대가 된 것입니다.

우리에게 필요한 것

사회를 뿌리 깊은 데서 바꾸는 것은 문화에 대한 사람들의 생각입니다. 언제나 사회를 다스리는 것은 결국 사람들이 하루하루 함께 나누는 생각입니다.

생각의 전환이 필요하다는 것을 일깨워 준 가까운 예

중 하나가 석유입니다.

1970년대 초, 중동전쟁의 여파로 아랍 여러 국가들이 원유 생산과 수출을 규제하는 바람에 전 세계에 오일 쇼크가 발생했습니다. 석유가 없어지면 이것도 없어지고 저것도 없어진다고 하니, 일본에서도 다들 화장지를 사재기 하는 소동이 벌어지고 사회가 불안해졌습니다.

사람들의 생각이 바뀌면 사회 구조가 변해 간다고는 하지만, 그것을 실감할 수 있는 기회가 그리 많지는 않습니다. 그런데 그때의 석유 위기가 일본에 가져온 변화가 바로 그런 사회적 경험이었던 것 같습니다.

그 후 그때까지 '소비'의 문화였던 석유가 '축적'의 문화로 변하면서, 사람들의 생각이 근본적으로 바뀌게 되었습니다. 그리고 그때부터 일본에서 석유는 기본적으로 '축적'하는 것이라고 생각하게 되었습니다.

그 후, 70년대 후반의 소위 이슬람 혁명으로 또다시 석유 위기를 맞았습니다. 또 80년대 말에는 산유국을 둘러싸고 걸프 전쟁이 일어났습니다. 그래도 일본에서는 더 이상 석유 위기 같은 사회적 동요는 일어나지 않습니다. '소비'의 문화로만 생각했던 석유를 '축적'의 문화로 생각하지 않으면, 사람들의 일상은 풍요로워지지 않는 것입니다.

그렇다면 책이라는 문화는 어떨까요? 오늘날 일본에서 책이라는 문화는 '축적'의 문화일까요? 정보라는 시대의 기치 아래, 사람들이 활자에서 멀어지고 있다고, 독서의 경험이 부족하다고 말들을 하지만, 책을 '축적'의 문화가 아니라 오로지 시장을 들썩이는 '소비'의 문화로만 이야기 합니다.

책은 '나눔'의 문화로서는 강해졌지만, '키움'의 문화로서는 아주 약해졌습니다. 오늘날 그런 책의 모습이 변하려면, 책이라는 문화를 대하는 한 사람 한 사람의 생각이 바뀌어야 합니다.

석유 위기 이전과 이후로 석유에 대한 생각이 완전히 변하면서, 사람들은 석유를 '축적'의 문화로 만드는 새로운 사회 구조로 바꾸어갔습니다. 그것과 마찬가지로 우리 사회는 책을 '축적'의 문화로 만들어 갈 수 있어야 합니다.

독서에서 시작된다

그러려면 먼저 '키움'의 문화와 '나눔'의 문화를 연결하는 장소로서 없어서는 안 되는 '도서관'에 대해 생각해야 합니다.

'없어서는 안 되는 도서관'이란 그저 건물뿐인, 그저 시스템뿐인, 그저 서비스뿐인, 그저 행정의 일환일 뿐인 도서관을 말하는 것이 아닙니다. '도서관'이 우리에게 없어서는 안 되는 이유는, 사람들의 기억을 모아 두는 '도서관'이라는 장소가 먼 곳을 내다보는 전망대의 드넓은 공기처럼 우리 사회에 필요하기 때문입니다.

믿지 않을지도 모르겠지만, 사람들에게 활기찬 하루를 만들어 주는 것은 활기찬 '도서관'입니다. 활기찬 '도서관'이란 그저 그곳에 책이 있는 장소라는 말이 아닙니다. 책의 세계가 만들어 온 풍요로운 시간이 있는 장소입니다. 《장미의 이름》이라는 장대한 상상의 도서관 이야기를 쓴 움베르토 에코라는 작가는 말했습니다. 도서관은 '살아 있는 생물'이다, 라고.

다시 한번 무로 사이세의 시를 읽으며 물었던 처음의 질문으로 돌아가 봅니다.

고향은 멀리 있어 생각하는 것
그리고 슬프게 노래하는 것

이렇게 시작되는 시가 우리에게 주는 것은 정보의 말일까요? 아니면 독서의 말일까요? 어쩌면 둘 다일 수도 있고, 또 둘 다가 아닐 수도 있습니다. 이러한 시의 말들은 축적되어 갈 말이고 또한 축적되어 온 말이기 때문입니다.

모든 것은 독서에서 시작됩니다. 책을 읽는 것이 독서가 아닙니다. 자신의 마음속에, 잃고 싶지 않은 말을 쌓아두는 곳을 만들어 내는 것이 독서입니다.

"활기찬 '도서관'이란 그저 그곳에 책이 있는 장소라는 말이 아닙니다. 책의 세계가 만들어 온 풍요로운 시간이 있는 장소입니다."

나오며

사람은 독서하는 생물입니다. 사람을 사람답게 만들어 온 것, 이렇게 말해도 괜찮다면, 그것은 늘 독서였습니다.

책을 읽지 않고는 살 수 없는 것이 사람의 본질적인 모습입니다. 그렇기 때문에 사람이 살아가는 이 세상의 모습을 확실히 밝혀 온 것은 언제나 말입니다.

제가 이 책에서 다시금 생각해 보고 싶었던 것은 그런 지극히 인간적인 행위인 독서라고 하는 것의 미래입니다.

사람의 불확실한 인생에 독서가 가져다주는 것은 존재의 감각이고, 또한 존재의 흔적입니다. 19세기의 시인 다치바나노 아케미는 독서를 인생의 선물이라고 했습니다. 늘 제 마음속 밑바닥에 있는 그의 시가 있습니다.

즐거움이란
찾아오는 이도 없고
할 일도 없이
마음을 한곳에 모아
책을 읽을 때

즐거움이란
세상이 알기 어렵다고
말하는 책의
참뜻을 나 홀로
깨우쳤을 때

즐거움이란
무심히 읽어가는
책 속에서
나와 닮은 사람을
만났을 때

《책은 시작이다》는 각지에서 강연했을 때의 초고를 바탕으로 하여 새롭게 쓴 글입니다. 한 해 동안 원고가 완성되기를 기다려 주신 NHK 출판의 오타 유이치 씨와 열의를 가지고 작업해 주신 편집부의 호사카 에리코 씨께 깊은 감사의 말을 전합니다.

2001년 5월

옮긴이 박성민
도쿄외국어대학교 대학원에서 일본어학을 전공하고 통번역사로 일했다. 번역서로 《심호흡의 필요》, 《세상은 아름답다고》, 《봄은 깊어》, 《꽃을 묻다》, 《나쓰메 소세키 - 인생의 이야기》, 《다자이 오사무 - 내 마음의 문장들》 등이 있다.

책은 시작이다

2022년 11월 15일 1쇄 찍음
지은이 오사다 히로시
펴낸곳 시와서 출판
펴낸이 송승현

출판등록 2016. 12. 6.
주소 경기도 파주시 책향기로 183, 1507-506
전화 070-8200-1604
이메일 siwaseo@gmail.com
블로그 blog.naver.com/siwaseo
인스타그램 www.instagram.com/siwaseo

ISBN 979-11-91783-04-9